U0017330

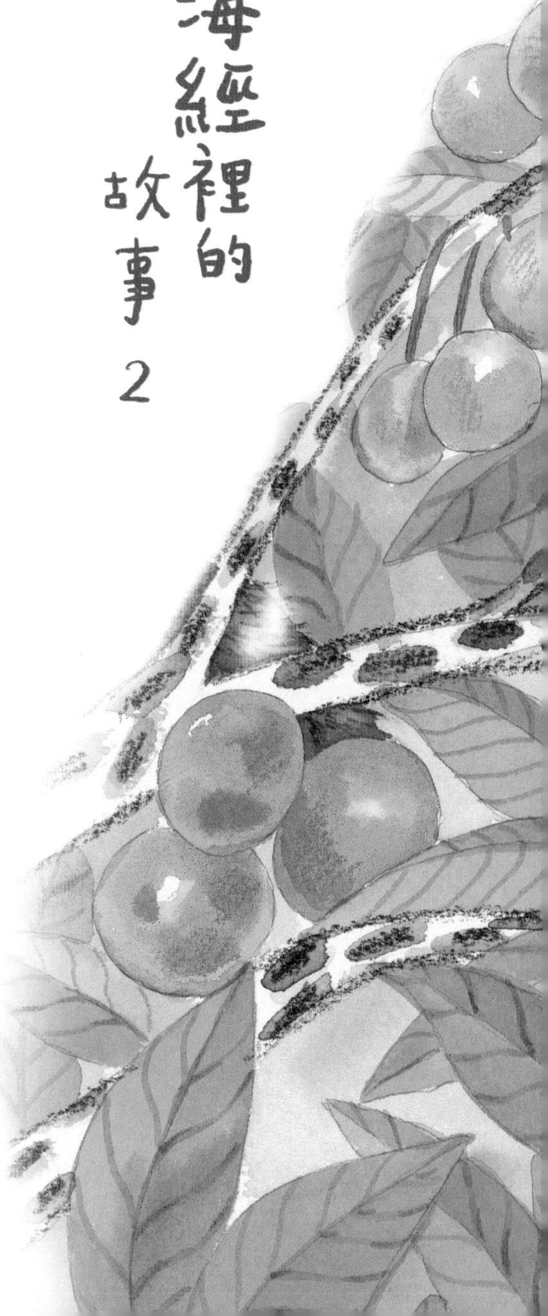

山海經裡的故事 2

南山先生的不傳祕方

文／鄒敦怜
圖／羅方君

名家推薦

李娟娟（僑委會美國德州奧斯丁華語實驗學校校長）

從事海外華語文教學多年，一直希望能把中國古典文學作品介紹給海外華裔學子閱讀，平時也會特別留意兼具知識性與趣味性的相關作品。

《山海經裡的故事》南山先生系列童書，淺顯易懂，想像力豐富，除多識草木鳥獸蟲魚之名外，更富含著豐富中國神話故事內容，可說是一套最適合的入門書籍。

《山海經裡的故事2：南山先生的不傳祕方》延續著上一集的懸疑故事開展，鄒敦怜老師的流暢文筆，將中國古典《山海經》深奧難懂的內容以貼近讀者閱讀習慣方式，串連出一個個的有趣故事，引人入勝。羅方君女士的插畫，跳脫流傳山海經圖鑑本的形象，加入更多的人文巧思與創意，滿足讀者於文字想像外的實際視覺。圖與文完美的結合，真是閱讀時的一大享受。

想一窺山海經原典的奧祕，這系列的書是絕佳的敲門磚。

黃淑貞（國學專書作者）

去年夏天，自讀了敦怜《山海經裡的故事1：南山先生的藥鋪子》後，對於故事中總是鎖著的小房間裡到底藏有什麼祕密，一直耿耿於懷；盼了將近一年，終於等到《山海經裡的故事2：南山先生的不傳祕方》面世，方才解開了這間小房間裡的謎底。

只是，慧黠的敦怜在這一集的結尾，同樣又留給讀者懸而未解的緊張情節，讓人忍不住想要儘快弄明白，到底是什麼原因或什麼人在南山先生所在的招搖山引發熊熊烈火？還有，眼看著火勢逼近，被困在山上的南山先生和他的徒弟小難，可否安然度過這場浩劫呢？所幸，這些答案很快就會在下一集揭曉，不用像前一本一樣叫人望眼欲穿了！

市面上與《山海經》相關的書籍其實不少，內容大多著重在地理風俗、神妖奇人、草木鳥獸、疾病醫藥等方面的介紹；但這部經典到了敦怜的筆下，除了帶領讀者認識以上所提到的豐富素材之外，我覺得最特別的是，啟發讀者在看待人或事物時，能有不同以往且更深一層的思考。

舉例來說，人們習慣視常見的為「正常」，視不常見的為「不正常」；但所謂的正常或不正常，不過都是緣於人們自己的主觀想法。如同南山先生對小難說的這一段話：「世界上不是每個人都一模一樣，你覺得『正常』的模樣，也許在別的地方，人家會視作『不正常』呢！」正是因為人起了差別心，所以才無法對所有的人或事物一視同仁，內心早已存有偏見。

再舉一例，書中描述南禺山的天空，突然出現傳說會帶來瘟疫、旱災和恐懼的各種怪鳥，導致人心惶惶，猶如末日將至般；接著果然有許多人陸續生病，由於每個人的症狀不盡相同，大夫也找不到病發的原因，自是無法對症下藥，只能任由疾病不斷蔓延。正當所有人都束手無策之時，看見有個脖子上長有兩個頭的人（山神驕蟲）出來收服這些怪鳥，此後染病的人漸漸變少，患病的人身體也慢慢好轉。人們這時才真正領悟到：「以前那種平靜安穩的日子大家過得平常，現在再度回到以前的日子，失而復得的經歷讓大家更珍惜了。」仔細想想，南禺山居民的心聲，是否也和剛剛遭逢大型流行傳染病的我們一樣呢？原來擁有閒適、安寧的生活，是多麼可貴的一件事。

敦怜從學生時代起，便是各項文學獎的常勝家，就在我寫這篇推薦文的同時，得知《山海經裡的故事1：南山先生的藥鋪子》榮獲二〇一九年度「最佳少年兒童讀物獎」，身為書的推薦者之一，也跟著沾了不少光呢！

黃秋芳（文學創作者、黃秋芳創作坊主持人）

鄒敦怜的《南山先生的不傳祕方》，擴大了《南山先生的藥鋪子》的空間感，主軸從「瘟疫」寫到「戰爭」，在全球疫情蔓延中，更能引起共鳴。圓熟的寫作技巧，透過劇情流動，自然帶出前情提要，讓我們即使沒有看過第一集，也能從容賞玩著她的《山海經》王國。

「簡單的生活、日常的智慧」書中不斷闡述這樣的想法，成為最值得追尋的「身心安頓」。讀著「天氣越來越熱，在菜餚裡多加一些節令瓜果」、「拔一些蒲公英、車前草、鮮薄荷、金銀花，加水煮茶，清熱化濕」、「白石頭是滑石、紅石頭是朱砂、藍石頭是曾青、黃石頭是琥珀、暗綠色帶著透明光澤的是陽起石，用無用之姿靜躺在河谷、洞穴裡，等待千百年，也許就等著某一天，有個知曉價值的人，發現它們的妙用」……這點點滴滴的叮嚀，帶出現世安穩的當下珍惜；「驚蟄的雷聲是上天對農忙者的吆喝」，更有一種「大自然的親密相偎」，讓我們生活得更自在、更安定；最重要的是，逆反瘟疫和戰爭的唯一關鍵，奠基於「烏托邦的理想」，看她勾勒「秋天的病人，隔年春天送一大簍新鮮的竹筍、夏天送剛採收的瓜果、而後送新米；沒什麼可以回報的人就多留幾天幫忙雜活」，真覺得天地大愛，治癒人與人、國與國之間的貪婪，也就拆解了爭戰的源起。

用不同的視野解讀山海經，這是一本敦怜為讀者說的私密故事，從第一部《南山先生的藥鋪子》開始，藉祝余、迷穀解決日常生活最基礎的困境，止飢、回家；再奠基在物質的安定，勾勒出精神困頓，確立「忘憂」體系；而後從生理、心理到生活環境的安全，「大旱」和「大水」的對照，巧妙傳遞出天地均衡，不是凶物、也不是吉物的相對性。情意溫暖，主軸清晰，讓我們跟著小小的浮沉哀喜，真實感受世界的曲折、豐饒，值得好奇，我們因為一些人、一些事的相互依靠和成全，不斷改變了自己、也豐富了自己。

陳清枝（宜蘭森林小學創辦人、宜蘭人文國中小前校長、宜蘭文藝作家協會理事）

接到好友敦怜的邀約，為她新書寫序，雖然正在離島度假，也欣然答應。旅途中，在美麗如地中海的石頭城，芹壁的陽傘咖啡座下，品茗好茶，欣賞文稿，真是人生的一大享受呢！

一開始雙兒的謎，就讓我捨不得關上電腦，但因為還有行程要趕，回到家繼續看完全部稿件，真是令人讚嘆！第一本書已經吸引我了，第二本除了我最愛奇特的動植物，更深入到人性、戰爭和瘟疫。

令人覺得不可思議的是，千年前的書，竟然已將現世的疾病，人性戰爭，都已揭露無遺，而且如此貼切、真實。千年古書，現世應現，你想了解裡面的內容嗎？那請你趕快去買一本來看喔！絕對會讓你有所得、有所思。

陳富來（華品中醫診所院長）

聽到好友羅羅說，山海經的故事：南山先生系列要出續集了，打從心裡佩服兩位創作者。藝術家羅羅繪圖的功力，巧妙詮釋敦怜老師從中醫角度切入山海經故事的巧思，閱讀後真的彷彿暢遊書中奇異的場景與情節，這是一套值得大人小孩一起閱讀的好書。

值得一提的是，敦怜老師雖然沒有中醫背景，但透過資料搜尋與自學，書中關於中藥的運用、炮製與描述都相當精準，讓人十分佩服創作時的用功。

這本童書裏面記載了許多超乎想像的神奇怪獸及藥草，那都是傳說中的神祕藥方。如第一冊中的「賓草」，服用後可以消除憂愁，中醫也有相當多的方子，可以緩解現代人憂鬱症的苦惱。古典故事結合現代人的生活，再配合生動有趣的插畫，這是一本神話文學與中藥物啟蒙的好書，值得分享給喜歡探索與想像的讀者。

我在門診時，常會遇到對中醫藥有興趣的小朋友，想知道要讀什麼書可以窺探中醫藥的入門。以前沒有適當的讀物，現在我一定大力推薦這系列幾本書，所以很高興當這本書的推薦者。

序

第一本《南山先生的藥鋪子》故事的結尾，我讓主角小難面對一個難題：師父南山先生出遠門，折返回來叮嚀他絕對不能打開客房旁的那個房間。師父鄭重的叮嚀無法抑制讀者的好奇心，書本出版後，許多人都問我：那個房間裡頭，究竟是什麼？什麼時候可以打開？

其實，一開始我也不知道裡頭該是什麼，什麼東西能讓師父如此神祕珍藏？為什麼能藏得這麼久，小難來到藥鋪子竟然大半年都沒察覺？

裡頭可以是神祕的龍嗎？在〈大荒東經〉中寫著，有座山名叫凶犁土丘，應龍住在土丘極南，因為殺了蚩尤與夸父，所以無法再回到天上。天上少了能行雲布雨的應龍，人間就得忍受乾旱成災之苦。所以人們一遇到大旱，就裝扮成應龍的模樣……

應龍非常神祕，似乎適合藏在房間裡頭。但是，師父藏著一頭龍做什麼呢？

當我慢慢地找答案，其實並沒有停止繼續閱讀故事的原典，從一段段描述中，試著尋找靈感。我依舊讚嘆這本書如何能寫出來，依舊好奇究竟是誰寫了這本書。根據之後的考證，《山海經》成書的年代，大約從春秋末年到西漢初年，大約是西元前八百年到前兩百年左右，換個說法，那是快要三千年前的事情。

三千年前是書籍成書的大約年代，那麼包含在書籍裡的故事內容，又是多久之前的歷史？幾乎與人類文字的文明同時產生，是什麼原因讓這些故事一點一滴地被記錄下來？

我也讀到許多研究學者的推論，他們從文字的蛛絲馬跡中，設法還原《山海經》每段所描述的地點。書中的開頭是這樣的：「《南山經》之首曰鵲山。其首曰招搖之山，臨於西海之上。多桂多金玉……」單單「多桂」這個特點，就可以推斷這裡一定是較為溫暖的南方，因為桂花喜歡溫暖的環境，寒冷的北方一定不容易看見。學者推斷〈南山經〉描述的大約是大陸浙江、湖南、廣東這一帶，這些地方的確溫暖多雨，也能聞到濃濃的桂花香。

有一天，我讀到關於「全球蜜蜂離奇消失」的報導，大約二００六年秋天開始，全世界的蜂群，有將近三分之一突然不知去向，帶來的危機是世界性缺糧的驚恐。這篇報導接通了靈感，我知道該讓黃銅鎖背後的房間藏著什麼了。在《山海經——中次六經》這麼寫著：……「有神焉，其狀如人而二首，名曰驕蟲，是為螫蟲，實惟蜂蜜之廬，其祠之，用一雄雞，禳而勿殺……」有個掌管所有螫蟲的山神，蜜蜂也歸祂管，就由祂來揭開第二本的開頭吧！

在這本書的結尾，我又讓讀者陷入另一個困境——山上大火，無從逃遁，該怎麼辦？還好這次第三本也完成了，不像第二本與第一本相距一整年，我就不在這裡劇透了，好奇的讀者，請直接看第三本吧！

現在，請打開書本的第一頁，看小難如何度過在藥鋪子的第二年。書中依然留給讀者很多的提問，這些提問的答案，會隨著不同的心境、不同的年齡而有不同的解答，也許我們可以一起找答案。

目次

一．不能開啟的那扇門

　　師父說，他不在的時候，不要靠近客房旁邊的那個房間。

　　師父說，不管裡頭發出什麼聲音，千萬別想著打開那個房間。

　　我當時看著急匆匆的師父，也匆匆忙忙的點頭答應。

　　但是，我沒有當個聽話的徒弟。

　　我還是打開了那扇門，於是，我認識了雙兒……

　　日昇，日落，日落，日昇……這段時間發生了太多的事情，一時也說不完。不過，我常想著，要有很多很多的

「假如」，才能讓已經待在房間裡很多年的雙兒走出那個房間，這些「假如」像一串鍊子上的每個小扣環，差一個都扣不了環環相關的巧合。

假如爹娘沒有把「小蘆花」帶上山，不會引得雙兒主動走出房間；假如師父先告訴我雙兒是誰，我一定畢恭畢敬不敢造次；假如沒有那場初雪，雙兒不在我面前打顫，我們也不會在小山坳前與師父撞個正著。

說到這兒，你一定又忍不住想問：到底雙兒是誰？

不如讓我們把時間一下子拉到三月多的現在吧！假如你能坐上那隻翳鳥巨大厚實的羽翼上，跟上這股輕輕往上的南風，就能從高空俯瞰招搖山，看到這一切了。

只要沒下雨，藥鋪子附近的山坡上，你將會看到我們奔跑追逐的身影。雙兒的個兒跟我差不多，他外出時都會

圍著頭巾，但你一定能立刻發現他的不一樣，因為，在他周圍，總圍繞著一群不知名的蟲子跟著飛舞。

雙兒一定很喜歡春天，他這陣子出來的時間多了許多，幾乎每隔幾天就會出來，他跟我一起在外頭活動，不知情的人，一定以為我多了個哥哥或弟弟了。

但是雙兒不是我的兄弟，不是這裡哪一戶人家的孩子，也不是別處誰家迷途的孩子，他是螌蟲之神，人們尊稱他為「驕蟲」。他應該留在中央第六列山系的平逢山，為什麼會出現在我們招搖山？

你一定滿懷快藏不住的好奇，很抱歉我得先賣個關子，這是一個長長的故事。

爹娘在師父離開之後的第四天就來到招搖山，同樣的秋風吹送，同樣的桂花飄香，一整年沒見到他們，我真的

是興奮極了！娘真的很疼我，她怕我餓著了，千里迢迢過來，辛苦的背著一個大大的竹簍，一打開，裡頭居然是一隻蘆花雞，後來我把這隻蘆花雞取了個名字，叫小蘆花。

「上次你爹說，你們這裡連雞鴨都沒養，吃的都靠別人送過來，你還在長個子，要多吃一點。我帶來的這隻，每兩天會下一次蛋，是家裡最好的母雞。」娘沒見識到人們送來的東西有多少，也不知道師父在院子裡有個地窖。地窖入口大門是由竹篾編成的，內層是厚厚的一層稻草，可以嚴嚴密密的封住門縫。冬天來臨前，直接在地窖、門板上噴水，沒多久就可以凍成冰庫，這樣地窖裡的東西就算放到隔年端午都不會壞呢！等她更清楚這裡的情形，就不用操心我會挨餓了。

小蘆花真可愛，娘在簍子裡用稻草做了一個窩，牠就

在裡頭睡著了。牠從簍子裡走出來時，歪著脖子、瞇著眼睛，站也站不穩，像是小孩犯迷糊的模樣。娘在柴房裡找一個角落，把這個稻草窩擺在那兒。小蘆花起初只能跌跌撞撞的走著，坐船加上走山路時，娘是把竹簍背在背上的，小蘆花也許以為自己正在做夢吧！

不過，才過一夜，隔天早上我就聽見院子裡有規律的啼叫：咯咯、咯咯咯、咯咯、咯咯咯……那聲音像還沒學會司晨的小公雞，正在練自己的嗓子。娘很得意的說：「想不到吧？清晨會像公雞一樣啼叫的母雞，我以前也沒見過。」小蘆花到處走動，東啄啄西啄啄的，活潑得很。娘叮嚀我：「這隻我一眼就看中，經過調教更是聰明又敬業，白天牠會自己出去找東西吃，晚上會自己回家，每隔兩三天會下一個蛋。你以後只要記得不時去翻一翻牠的窩，別

讓牠把自己的蛋給踩扁了就好。」

我帶著他們看師父的藥鋪子，爹之前看過師父的百子櫃牆，娘沒見過。她嘖嘖稱奇：櫃子跟整面牆一樣高，梯子都沒能到最頂端，到底要怎麼做才爬得上去？我很想像師父一樣飛躍抓藥，但是我還沒學會這個本領。

娘的問題還不只這些，來到這裡的第一天，她就花了大半天想數清櫃子的數量，數到頭暈都沒能算清楚，她這麼問：「到底有幾個櫃子呀，你在家都不長記性的，真的能記住裡頭的東西嗎？」

我帶著他們看養在馬廄裡的兩匹駿馬，師父按照《易經》的卦名，把牠們取名「大有」和「大壯」。我跟爹娘說怎麼從額頭的毛色去作分辨：大有的兩眼之間有一撮白毛，大壯額頭正中央有一塊黑色的毛皮。牠們都喜歡刷毛，

但當有人為牠們刷毛時，動作會有點不一樣：大有一邊刷會一邊瞇著眼睛，好像很享受的樣子，牠的脾氣比較好，這陣子的照料，大有已經肯讓我跨在牠的背上了呢！大壯的性子比較剛烈急躁，還沒輪到牠，就已經等不及的開始跺腳，我要是刷毛時停頓太久，牠就會揚著頭用鼻孔噴氣，好像正在怪罪什麼一樣。

這裡我熟悉的一切，爹娘都十分好奇，只是當我要把他們送到客房，經過那個有黃銅鎖的房間，娘還是好奇的過去撥了撥鎖頭。

「哐噹、哐噹……」的聲音，讓走在前頭的我嚇了一大跳，趕緊走過來拉走他們：「這不能動的，師父說這間房間不能打開。」正在欣賞銅鎖的娘很捨不得似的放下把玩鎖頭的手：「你們真不識貨，這鎖頭不是一般的梅花鎖、

吉祥鎖，上頭有特別的雕刻，這麼複雜的圖案一定是專門找銅匠製作的……你真的不知道裡頭藏著什麼嗎？」

爹使勁的推著好奇的娘往前走，嘴裡一邊念著：「這小難怎麼知道，他才來多久？假如這個銅鎖像你說的那樣特別，我們就更不要靠近了。像咱們家這種莊稼人，都有個掛著鎖的穀倉呢！小難的師父幫人治病，一定有不少積蓄，應該就是師父放金銀財寶的庫房了！」

聽到爹這麼說，我不知道怎麼心裡突然生出一股說不上的悶氣，像是擔心師父被冤枉一樣，急著辯解：「絕對不是那種值錢的東西，師父常說，在山上根本用不到錢，他把錢藏著做什麼呢！」

「不不不，我看這裡頭不是錢……」娘這麼一說，我心裡那股毛躁立刻被抹平，只是娘接著說的話讓我有更多

的疑問：「你們沒注意到嗎？黃銅鎖那彎彎的鎖身前頭有一隻烏龜，烏龜能鎮宅避邪化煞，我看你師父在裡頭放著的不是什麼銀錢之類的，怕是想鎮住什麼……」

鎮住什麼？這幾個字讓我心裡產生了更多的疑惑，是什麼妖魔鬼怪嗎？爹娘在這裡的時間，害得我每回經過那扇門，原本都沒什麼在意的，變得常常忍不住稍稍停住腳步，站在門外，瞪大眼睛盯著那個銅鎖，想看看會有什麼變化。起初一連幾天都是安安靜靜的，我盯著門鎖看了半天，我看得非常仔細，聽得非常認真，什麼也沒發生。直到有一天，當我轉身離開的時候，後頭突然傳來一個輕輕的「唉」，我頓時僵住了，一動也不敢動。「唉」那是人才會發出的嘆息聲，不是什麼動物，更不會是什麼風聲水聲。可是也只有那麼一次，一直到爹娘離開，我都沒再次聽到什麼奇怪的聲響。

爹娘在藥鋪子待了快一個月，每天都是小蘆花的啼叫和濃濃的雜糧粥香味把我喚醒。他們的來到，很多事情我都不用做了，像在家裡一樣，我變得有點犯懶。娘的手藝太好了，李其縣官總會派兩個大哥哥過來幫忙，聽說他們都搶著來，就是因為來這裡，他們也能吃到像自己親娘做的好味道。

有一天下午過後，我跟大哥哥剛從外頭帶著馬跑一圈，大有、大壯更願意親近人了，牠們回來時興奮的揚著脖子嘶嘶嗚叫，傍晚的風吹得有點狂，坐在馬背上跑馬的我，竟然還是滿身大汗。天氣變得更涼了，天空升起了彤彩，颯颯的晚風刮得人臉疼，藥鋪子外頭掛著的布旗被吹得傾斜著身子。我看到爹站在前院，仰頭看著旗子：「風向變了，我們得啟程回去了，不然就要在這裡過年了……」

爹娘要離開了，儘管從他們一來到，我就知道會有再次告別的一天，但不知道怎麼，當爹說著該打道回府時，我心中還是忽然湧起一股酸酸的感覺。我已經比前一年又長大了，不該掉眼淚的。

他們在的時候，藥鋪子就像是真正的家，我像是回到家鄉，依然是家裡備受疼愛、唯一的孩子。所以，他們離開之後，不知怎麼我突然覺得偌大的藥鋪子變得更加空蕩蕩的。風聲、樹葉聲、水流聲、窗框彼此碰撞的聲音……這些平時聽不見的聲音，突然放大了好幾倍。在這種種聲音中，我聽到小蘆花開心的啼叫聲。

咦？現在不是大清早，小蘆花怎麼會叫？

「喔——喔喔——喔喔喔——」一陣又一陣的，聲音不像早晨司晨，反倒像是發現了什麼，興奮的想告訴別人。

聽到小蘆花叫個不停，我終於放下手邊的工作往屋子裡走。

當我循著聲音，穿過廊道，看到小蘆花的身影在一個房間進進出出。這隻小母雞雖然自己有個稻草小窩在屋子的另一頭，但是牠很快的熟悉藥鋪子的環境，很快的覺得自己是這裡的一分子，牠老是隨意走動，我早已經習慣了。

這天，小蘆花看到我，又開心的「喔——喔喔——喔喔喔——」叫了幾下，下午的陽光照在小蘆花的身上，那個影子也像一棵長出茂密樹冠的大樹。原來只是跑到一個房間裡，這有什麼？整間屋子不是早就讓牠隨意跑了呀！我不以為意的轉身，但後頭發出了輕輕的嘆氣，那嘆息聲讓我整個背脊都直起來了。我突然想起，小蘆花進出的那個房間，不就是有烏龜黃銅鎖的那個房間？我停下打算向前邁的腳步，站定不動，想著小蘆花的影子最多只能像是

「一叢稻草」，怎麼我剛剛會看到「一棵大樹」？那樹幹部分是誰的影子？誰打開那個房間的門？怎麼打開的？一種奇怪的感覺升起，有點期待、有點恐懼，我第一個想到的是，假如師父問起，我一定要非常堅定的為自己辯白：那扇門是自己打開的，不是我打開的。

我聽到後面有輕輕的呼吸聲，是非常規律平靜的呼吸聲，很輕很輕的，平時也許聽不到，但這時全神貫注的我，豎起了耳朵，繃緊了神經，所以什麼聲音都被放大了。是那個房間的東西「跑」出來了嗎？不管是什麼，現在他就在我身後了，我只能硬著頭皮轉身。我以為自己會看到一個什麼樣奇特的「怪物」，但是當我往後轉，廊道的盡頭、房間的門口，一個只比我高一點的人站著，他身上穿著一件橙紅夾雜著褐灰色的袍子，袍子的樣式很奇怪，是我沒

見過的，衣服的質地也很怪，看起來不像棉麻、不像皮革，倒像是樹葉或樹皮的感覺，連顏色都讓我想到這個季節外頭的顏色。他同樣有兩隻手、兩隻腳，但是脖子上竟然也有兩個頭。他的兩張臉上表情不太相同，但看起來都是平靜而友善的模樣。這是人嗎？

我努力的想著，自己是否曾經聽師父說過這種「雙頭人」？在這兒，我曾聽過雙身蛇肥遺，當牠們出現國內就會有大旱災；曾聽過三頭鳥尚付，懶惰的人吃了尚付鳥燉的湯，就會精神百倍，幾乎不用睡覺；還親眼見過人臉人手鳥身的鴸鳥，聽說鴸鳥一出現，讀書人就遭殃。

我顫抖的想問：「雙……」我那「雙頭人你好」的話還沒說完，外頭傳來大哥哥說話的聲音，他們已經把爹娘送到山下大河邊搭船，又從那兒回來了。聽到別人的聲音，

雙頭人飛快的退回到房間，我追了過去，當房門一關起，不可思議的事情在我眼前發生……

一大群不知哪兒飛過來的銅黃色小蟲，像微小的光點一樣聚集在原本鎖頭的位置，它們一點一點的「拼成」原本那個黃銅鎖，所有的時間都在一剎那間完成，等我再一眨眼，好像夕陽落下，周圍變暗了一點，光亮的黃銅色略為褪色，門上又是一副大鎖掛著，跟原本的一樣。剛剛還只是光點聚集，怎麼能一瞬間變成沉甸甸的黃銅鎖？當我不敢置信的去碰觸那個鎖頭，想確定這鎖跟原來的一樣嗎？鎖頭撞擊門，發出的哐啷聲，伴隨著大哥哥的聲音：

「小難，你想打開嗎？你不是說你師父交代不能動那個鎖？」

「沒這回事，剛剛上頭有髒東西沾著，我只是掃地時

順手擦一擦。」我說得有點心虛，不知道為什麼要瞞著大哥哥，但就是不想讓別人知道，我見過房間裡那個「雙頭人」。

那是我和「雙頭人」第一次見面，後來，我叫他「雙兒」。

二・雙兒與我

雙兒自己走出房門，又自己走進去，接下來連著幾天他都沒出來，這幾天我不自覺的會多繞過客房，不自覺的會多看一眼那黃銅鎖，心裡有太多疑問。他為什麼長成那個樣子？為什麼要待在那個房間？到底他從哪裡來？

腦子裡第一個念頭是，難道他是師父從哪裡帶回來照顧的？

師父說過他有一次被請到一個村莊的往事。那年當他一到，村子裡的人爭相走告，因為大家都知道他會來。

「是許多人都生病了嗎？」

「不是，那是村莊裡的大善人賈員外，一直盼望生個孩子，沒想到員外夫人連生了幾胎，卻都在生下來沒多久夭折。」

「夫人的身體不太好吧？」我問的時候，心裡想的是，我娘常說自己身體不好，生孩子又是得交出半條命的事情，生我的時候已經好不容易了，雖然之後又生了一對孿生弟妹，但卻沒到滿月就早夭。家裡現在就算只有一個，也就不生了。這位夫人生了這麼多次，她的身體一定比我娘還要孱弱。

「夫人身體還算好，只是之前幾次，產婆接生時都在產房裡昏倒。說是第一胎生了一條魚、第二胎生了一隻雞、第三胎竟然生了一隻狗！這次讓我去看的，是夫人的第四胎，年紀也快到天命之年，擔心自己又生下了奇怪的東西，以後可能生不出來了。員外樂善好施，偏偏一直盼

不到子嗣，村子裡的人又著急又惋惜，所以我一到，大家才會像盼到救星一樣，一下子就把我帶到賈員外屋裡。」

後來怎麼了？夫人生下了什麼？有平安長大嗎？我還來不及問，師父就接著說：「我不知道那位夫人之前是怎麼一回事，那一次，我看她脈象都很正常，開了幾帖安神藥要她每天服用，幾天後生了個小男孩，挺健康的，就是骨架子小了一點，跟你一樣。」

我鬆了一口氣，這個得來不易的小男孩，一定備受寵愛吧！

賈員外終於得到一個正常的孩子，要是又跟前幾次一樣早夭，那該怎麼辦呢？我聽師父說過，他曾醫過幾個外型特別的嬰兒，有的長出渾身漆黑的毛，頭上多了兩個肉角，張開小嘴裡頭已經有十幾顆尖牙；有的身體相連、兩臉相對，看起來就像兩個人被黏在一起。師父說生了那樣

的孩子，大多打算讓孩子自生自滅。貧窮的人家，會把孩子送給戲班子；富裕人家也不想讓人知道得太多，會在家宅找個空屋子藏著。

雙兒，是不是哪個人生出的畸形兒，師父覺得不忍心，把他帶回藥鋪子？

不過，很快的我就推翻這樣的猜測，我記得那些光點，如何在我面前從光點變成黃銅鎖，為什麼會有這樣的景象，雙兒是哪個地方來的特別人物嗎？

師父有個愛旅行的朋友——東海先生，雖然我沒見過這位先生，但是常聽師父說起。

東海先生自己有艘船，他以買賣為生，但是沒有店鋪、沒有家、也沒有家人，那艘船就是他的家。他的船航行海內外諸山諸島，每隔幾年會來到招搖山小住，一待就

是大半個月，師父說東海先生聲音宏亮、人也豪爽大方，聽他說話就像聽故事。透過師父，我也知道一些東海先生到過的國家，那些人長得就跟我們不一樣。或許，雙兒就是從東海先生到過的那些奇異島國來的？

我努力回想師父提過的，到底有哪個地方的人，跟雙兒長得差不多？

當時，我聽到賈夫人連著三胎都出現異相，臉上露出驚訝的神情。不過師父低頭沉吟了一會兒，他告訴我說，那像魚的第一胎，在一般人眼中可能很怪異，但是假如那個孩子還活著，讓他在「氐人國」走動，應該沒有人會覺得有什麼奇怪。

氐人國？

「小雞，世界上不是每個人都一模一樣，你覺得『正

常』的模樣，也許在別的地方，人家會視作『不正常』呢！」

接著，師父說東海先生去過的一個地方，那裡叫做氐人國，氐人國的人都長著人的臉，有著魚的身體，看起來就是上半身是人，下半身是魚。他們的房子都在水邊，屋子裡也一半是水，就像在池塘裡搭了棚子。這裡的人說話都文謅謅的，之乎者也

說個不停，婦女手很巧，會織一種特別的絲綢，叫做「鮫綃」，那是一種又輕薄又透亮的紡織品。拿在手上，光可以透過，風可以吹過，但用鮫綃做成衣服穿在身上，入水不濕，即使在水中活動都不會弄濕身體。

世界上竟然有像魚一樣的人，多奇怪啊！

我記得那時自己又多問了一句：「居民長得像

魚不奇怪，那麼總不會有像雞、像狗的人了吧？沒想到師父呵呵笑著說：「假如真的有呢？你能對他們一視同仁嗎？」

原來，真的有的國家，人們長得像狗，那是東海先生曾去過的「環狗國」。那裡的人長著狗的面孔，卻有跟人一模一樣的手腳身軀。他們全身是黃色的，說話時會夾雜著如同犬類的嗚嗚聲。他們的力氣很大，喜好肉類，連獅子、老虎都會捉來吃。

「這麼凶悍啊？幸好他們沒跟我們住在一起。」我悻悻然的說著，連凶猛的獅子、老虎，都不是他們的對手，要是來我們招搖山住著，大家不就都被吃光了嗎？

「不不不，那是因為獅子、老虎這些猛獸，總是如強敵環伺、弱肉強食，他們才不得不抵抗。其實環狗國的人

彼此是很和睦的，他們跟人相處時有點害羞，會特別戴上面具遮掩住自己的狗頭，也會儘量少說話，避免別人聽到自己的嗚嗚低嗚。當他們跟你變成朋友以後，對朋友就非常的忠誠，能為朋友赴湯蹈火。」

也許，雙兒就是從那些我不知道的國度來的人，而不是被師父收留的畸形兒。只是，我還是滿肚子的疑惑，我想到那把在我面前瞬間聚合的黃銅鎖，看起來不是那把黃銅鎖鎖住了他，倒像是他自己用黃銅鎖做了一個屏蔽，不讓人接近他。

雙兒為什麼要在哪個房間裡？到底在那兒待了多久呢？

爸媽離開後的第三天，李其縣官派人過來，說有一處村子的橋斷了，情況危急人手不夠，要這裡的兩個大哥哥

也一起過去支援。

「小難，我們要離開一陣子，你師父快回來了，所以我們暫時無法再過來。這幾天，你一個人在這裡，沒問題吧？」

我點點頭，天氣又更冷了，從藥鋪子的窗戶往外看，原本秋天才會出現的深淺棕紅，逐漸被一種灰褐色調取代，景色看起來更顯得蕭瑟。爹娘離開兩天了，那陣風是不是把他們平安送到家鄉了呢？江面上一切都平靜嗎？我又想著，師父就快回來了，他已經離開一個多月了，不知道那讓他急匆匆離開的事情，都順利處理好了嗎？

「小難，你自己待著，沒問題吧？」

這有什麼難的！爹娘留了好多活讓我收尾，我可沒能閒著。

師父不是莊稼人，這裡不種菜、不養雞鴨鵝豬，當然也沒有需要耕種照顧的地，但是爹娘完全閒不下來。在這裡的頭幾天，爹就把藥鋪子裡裡外外每個旮旯角都檢視了一遍，修好了每一個破損的地方。第三天我在屋子裡整理百子櫃，娘背著竹簍，帶著兩個大哥哥外出。回來時，他們帶回我最喜歡的柿子。家鄉有很多柿子，但是來到招搖山這麼久，我可是一個都沒吃過呀！

娘興奮的說，她本來想到山上找一找有沒有竹筍或是果子這類可食性的植栽，沒想到在半山腰有個隱密的林子中央，長了好幾棵柿子樹，每棵樹上都結實累累。看我狼吞虎嚥的模樣，娘有些擔心的說：「新鮮柿子太寒，別吃太多，小難！」

我剛吃完第三個，正想伸手再取第四個，聽了只好縮

回手。真可惜，還好多柿子啊！

娘似乎聽得到我心裡的話，她笑著說：「林子裡還好多果子，柿子不耐放，我來做柿餅好了，這樣你們以後可以慢慢的吃。」

在家鄉的時候，每年娘也會把吃不完的柿子做成柿餅。

「這些熟透的，你們可以分幾天吃。」娘拿起幾個橙紅色的柿子，交給其中一個大哥哥。

「這些我特別挑的，顏色還沒那麼紅，也還沒熟透，明天把皮削好，連著蒂吊起來風乾。」娘這麼吩咐。我知道怎麼做，在家的時候我也曾幫忙。

大哥哥和娘連著幾天都去摘柿子，摘回來之後，就在院子裡削皮，一個個削好的柿子，用細麻繩繫著蒂頭串起

來。一串串的柿子，掛在屋簷前，串成一整面像珠簾一樣，只是這個「珠子」可大得驚人。柿子得吊著曬乾、風乾，柿子皮也得曬得乾乾的，要曬得好像小蟲透明的翅膀，空氣中透著香氣，真是好聞極了。很快的，屋前屋後都掛滿了。

娘看著院子裡堆出的橙紅色小山，不得不這麼說：「沒地方掛了，別再帶回來了。」可是大哥哥們似乎迷上了在林子裡找柿子這件事，他們還說比較好摘的都被摘光，但爬上樹之後，還有許多又大又好的柿子，他們懇求娘讓他們繼續摘柿子。

娘笑著說：「這裡已經沒地方掛了，那就直接在樹下削皮、直接吊在樹梢，之後再整串拿回來好了。」招搖山的秋天似乎不太下雨，這麼做是可以的。大哥哥就這麼又

出去了好幾天，回來還得意的說，為了讓柿子吹到更多的風，曬到更多的陽光，他們特意爬上樹，把柿子串吊得高高的，不知道他們究竟在林子裡吊了多少串柿子。

娘可忙得開心了呢！她把柿子皮煮過熬汁，染了好幾塊布；吊著的柿子，每隔三五天，就要一個一個輕輕的捏一回，「柿子珠簾」要這麼做，林子裡的柿子串也得這麼做。直到有一天，娘發現真的太多了，現在這裡有這麼多人幫忙，且不管林子裡吊著多少，屋子裡的每個捏一回就得花上大半天。

做柿子餅前的風乾曝曬要曬足四、五十天，他們回去之前是做不完的，等他們回去之後，藥鋪子只剩下我和師父，那肯定是做不來的。娘這才跟大哥哥們說：「林子裡的別管了，讓山鳥吃吧！這麼多還不知道要找什麼東西裝

才好呢！」

娘真的掛記這些柿子餅，他們下山前，還不斷的提醒我，要記得每天繼續捏一捏那些曬乾的柿子，記得照著她做的方法捂霜：等柿子再乾一點，找個大甕，一層乾柿子皮、一層柿子、一層柿子皮、一層柿子……這樣層層擺好，再封起甕口。

我都記得，真的。這些活我在家鄉時也做過，娘還讚我手巧呢！

大哥哥們離開藥鋪子去支援修復斷橋時，說師父也快回來了，我算了算，師父離開藥鋪子已經整整二十八天，爹娘也在這裡待了超過二十天，時間怎麼過得這麼匆匆呢！

藥鋪子又剩下我一個人，我想了想該做些什麼。師父

離開前交代我要整理的百子櫃，我還有一大半沒弄好，這活再兩個整天都忙不完；我得照料兩匹馬，大壯、大有的草料要天天補上；我還有掛得像珠簾一樣數不清的柿子，得一一關照。該先做什麼好呢？

我決定先到前院檢查吊曬的柿子。

小蘆花自己踱步到外頭找東西吃，一邊咯咯咯的叫著一邊開心的往地上、草地啄著。我左右開弓，兩手一起輕捏整理柿子，心裡有個奇特的想法，看來，那個「雙頭人」可能是某個國度來的人，也許那些我覺得奇特的把戲，在他們那裡都屬稀鬆平常。他個頭跟我差不多，應該是跟我年紀差不多大的人吧？雖然師父對我很好，但是這裡畢竟只有我一個小孩，他能一直住在這裡嗎？假如可以，我不是多了一個玩伴了嗎？

我想到那個「雙頭人」，既然他不是「妖怪」，只是某個地方外型跟我們不一樣的人，那我可以去敲一敲門嗎？我可以請求他再次走出來跟我當朋友嗎？我好想趕緊再看到他，但他似乎只在我出現時出現，一想到這裡，我努力的豎起了耳朵，仔細的聽著，確定在我周圍，只有風聲、樹葉沙沙聲、吊掛著柿子的細繩在竹竿上的摩擦聲，沒有半點人聲、馬蹄聲，確定大哥哥離開很久了，我懷著期待的心，站在那個房間的門口。心裡想著，那個「雙頭人」，會不會再度自己把門鎖打開來見我？

黃銅鎖文風不動，那天的一切，好像幻覺。他會出來嗎？我是不是真的得去敲敲門呢？假如敲門該叫他什麼？我站了好一會兒，門還是門，鎖還是鎖，當我開始懷疑兩天前發生的事情。這時，小蘆花發出咯咯咯的聲音，開心

的跳著進來，聽到小蘆花的聲音，門鎖開始有了動靜，如同那天一樣，化作金沙般的光點，這次我靠得更近了，發現那光點小蟲一個個像是小蜜蜂，當小蟲飛起，銅鎖消失，門自己打開來，那個「雙頭人」就走了出來。

我們面對面相

互看著。

我瞪大了眼睛，他的兩張臉、兩對眼睛也定定的看著我，小蘆花一直咯咯咯喔喔喔的，興奮的在我們兩人腳邊。他的兩張臉不是完全一樣，臉上都沒有鬍子、沒有皺紋，像個小孩子，但是眉眼之間的神情看起來很有威嚴，

完全不是小孩的模樣，我猜不出他的年齡，只覺得在他面前我頓時氣勢矮了一大截。除了脖子上頂著兩個頭，他跟一般人幾乎沒什麼兩樣。

「你是誰？」

「你叫什麼名字？」

「你從哪裡來的？」

「你住在這裡多久了？」

我一連問了幾個問題，那個人沒有回答，他沒有特別的表情，但四隻眼睛都是滿滿的暖意，讓人感覺到他是平靜而友善的。我正想再問一次，腦子裡突然閃過一個念頭。我想到在家鄉時，有個跟我年紀差不多的玩伴，大家叫他小名「雙兒」。這位玩伴雙兒，曾說自己剛出生時，有個比他早一炷香的雙生子哥哥，但出生不久那個哥哥就

早夭，所以這個「雙」字就是紀念那個早夭的哥哥。

「我叫你雙兒好嗎？」

那個人點了點頭，兩個頭，同時點，看起來有點逗趣。

藥鋪子只有我的那幾天，雙兒走出那個房間兩三次，他不說話、不做事，就只是靜靜的坐著。我若是看到，就招呼他看我做事。我不知道他會不會說話，因為他從來沒說過話。屋子裡多一個人，感覺好像多一個哥哥或弟弟，讓我好心安。他很喜歡小蘆花，小蘆花也特別喜歡他，當他坐著看著的時候，小蘆花常常就坐在他的腳下，用很舒適的姿勢閉著眼睛打盹兒。他出來的時候，假如我正在吃東西，我會分一半給他，他有時會吃，有時完全不動，似乎不怎麼需要吃東西，這點讓我非常的好奇。

有一天早上，我還躺在床上，就聽到外頭有輕輕悄悄

的聲音，像是小小的腳印踏在屋頂、樹葉、地板，那不是前幾天的風聲，也不像冬雨的墜落。我趕緊起來，屋外揚起輕飄飄的像鵝毛的初雪，這是今年的第一場雪。雪很薄很薄，天氣並不太冷，片片雪花並不急著落地，而是順著風搖呀搖的緩緩降落。

真美！

窗邊有個身影，是雙兒。他今天走出房間了，還比我更早。我注意到他換了一件灰白夾著墨綠的袍子，心中升起一個疑問，連著幾天他身上的衣服，樣式似乎都沒什麼變，但衣服的顏色都是很難描述的顏色。第一次是秋天的橙紅淺褐色，之後每一次的顏色都有些不同，那顏色不像染的、不像織的、不像繡的，倒像是哪個巧手的裁縫，直接用外頭的景色剪裁而成的。我也想到，來到藥鋪子這麼

久，之前我從來沒見過雙兒，當然也沒見過他進出澡堂，難道他都不用沐浴洗身嗎？

我們並肩望著外頭的飄雪，雙兒身上有種淡淡的氣味，我對那味道有點熟悉，但一時想不起來。

雙兒似乎打了個冷顫，我忍不住問：「雙兒，你怕冷嗎？我的衣服給你？」雙兒看著我沒說話，不過看起來似乎帶著微笑。

問了之後我覺得有點懊惱，爹娘為我準備的衣服，不是對襟的豎褐，就是交叉衣襟的短褐，粗布的上衣下褲我穿得很習慣，也適合像我這種閒不住、愛東奔西跑的人。只是雙兒身上的是一件直裾長袍，肩頸部分的剪裁寬，交叉的衣襟繞過他的兩個頭。就算我們個子差不多，雙兒也應該穿不了我的衣服，何況他還比我高大一些呢！

我很確定他根本不能穿一般正常人穿的衣服，卻又問他要不要穿我的衣服，他會不會覺得我有意提醒他長得跟別人不同呢？是不是因為他長得如此特別，所以師父才把他「藏起來」呢？這樣似乎又不像師父會做的事情，師父常提的「無差別心」，看待所有人事物，都不要帶著成見，看來我對雙兒的揣測，似乎犯了忌諱。沒有適合的衣服讓雙兒保暖，有什麼可以讓他不再發抖？

我的腦子轉呀轉的，這時，突然靈光一閃。

「雙兒，我出去找東西給你！」我想去那個小山坳碰碰運氣。

三・翳鳥東來

雙兒可能怕冷，又沒有適當的衣服穿，這個念頭讓我想幫他找個東西，那是師父曾帶我找過的薊柏樹，只是，招搖山只有那麼一棵薊柏，應該還在那個小山坳吧？雙兒現在需要的正是一點點薊柏的葉子和果實。

去年秋天我剛來這裡時，初冬的寒風一吹，我就冷得直發抖。我帶的衣服不夠多，吳嬤嬤幫我新做的衣服又還沒送過來，師父看在眼裡，沒多說什麼。但是天氣特別冷的那一天，師父卻帶著我出門，我們在山路上走到一半，師父從平時常走的小徑往下，繞到一個小山坳，小山坳在

兩座小山峰之間，是個平坦小坡。那天外頭也飄著雪，一整排不知名的各種樹木，樹葉都被雪刷了一層白。

這墨綠和雪白中，有一棵樹，長了珠子狀的果實，隱隱約約看起來跟黃豆差不多大，師父咧嘴笑著說：「我找到了，沒想到還在！」

師父拍落果實上的雪花，一粒一粒像剝開的石榴籽，他是這麼說的：「這棵叫薊柏，不是這裡的土生土長的樹，它只會出現在中央山系的敏山。敏山與招搖山離得很遠，這樹長得像荊棘，夏末秋初開始開白花，結紅果，冬天到了也不落葉。吃了它的葉子和果子，就不怕寒冷了。因為只有敏山才種得起來，所以我們這裡就這麼一棵。吳嬷嬷新裁的衣服還沒送來之前，你就喝這個泡的茶擋擋寒氣。」

我記得當時滿肚子的疑惑，既然只能在敏山生長，那為什麼招搖山也有一棵？師父指著地上：「你看樹上結實不少，地上也有落果，但是落果只化為泥，並不新長樹苗。我已經看了好多年，都是這樣，可見這種植物移往他地，就不再繁衍。這唯一一棵，應該是很久之前有隻海鳥，牠一路從敏山飛過海洋來到招搖山，也許鳥羽還是哪裡藏著果實，只有那顆從敏山帶過來的，落地才能生長。」

那天我們帶回一大把葉子和果實，之後連著幾天師父都用葉子和果實煮茶讓我喝，每天都喝一大壺溫熱的茶，不知道是不是真有神效，但溫溫的茶讓心暖了，人也跟著覺得溫暖。再加上兩天後吳嬤嬤幫我做的衣服都送過來了，我穿了衣服，又喝了茶，當然更是不怕寒冷了。

去年，我穿著新衣、喝著熱茶，其實不相信溫暖來自

這看起來普通的樹葉和紅果。不過，現在我卻特別想找到這棵樹，為雙兒摘一把蔚柏葉與紅果，希望他喝了不會再發抖打顫。

我披上蓑衣，戴上斗笠要出門時，看到雙兒也已經站在門口。他想做什麼？

「你也要去？」

雙兒沒回答，他只是看著我，但我知道他也想出去。

外頭飄著細雪，我戴著斗笠，雙兒該戴什麼？屋子裡還有一頂師父的斗笠，但是雙兒有兩個頭啊，我該讓他的哪個頭戴才好呢？

這時，我瞥見正廳那幾根竹竿上曬的棉布，當時爹娘特地把竹竿架得高高的，幾乎和百子櫃一樣高了，平時在底下走過，並不會特別抬頭往上看。娘在這裡時，不但做

了柿餅，還用柿子皮染了幾塊棉布，娘說染好的布經過太陽曝曬發色之後，顏色會變得深一點，會更適合師父，到時候再請吳嬤嬤幫忙裁衣。布掛得這麼高，平時不會特別注意到，現在仔細看看，那顏色可真特別，深淺不一的棕色，還有一些松花狀的淺色花紋。

我跳上去扯下其中一塊正正方方的布交給雙兒：「這，讓你當頭巾。」

雙兒接過布，把布鬆鬆的在頭上繞了一圈，布遮住了一個頭，現在的雙兒「看起來」就像一個跟我差不多的男孩。「你還是戴著吧！」我把師父的斗笠遞過去。細雪說不定哪時變大，雙兒不是怕冷嗎？有布巾又有斗笠，他會舒服一些。

迎著飄過來的雪花，我走在前頭，雙兒跟在後頭。從

小路拐彎往下，我半走半跑，他也亦步亦趨的跟著。我順利的找到那棵薊柏，師父那時推測的沒錯，隔了一整年，地上已經有不少落果，但這裡還是只有這麼一棵樹，可見這果實離了原生長地，就也無法在別的地方生長。我帶了一個布袋，沒過多久布袋就裝得鼓鼓的，想到雙兒不用冷得打顫，我開心的說：「雙兒雙兒，就是這個，師父說喝了不怕冷，回去我煮茶給你喝。」這時，我聽到背後有一股非常低沉的嗚聲，那聲音像是從地底發出，沉重的轟隆隆，聲音很低低並不刺耳，但一陣陣的傳來，像鼓動的海浪，像漫過的水波，像深谷的奔流，聽得彷彿內臟都被震動。我已經習慣安靜的雙兒，第一次聽到他的聲音，非常的驚訝，那是他在「說話」嗎？就在我回頭想問雙兒時，看到不遠下坡處的小路上，許久不見的師父就在那。

轟的一聲，斗笠裡彷彿有一道閃電，腦子裡一片空白。我記得……

師父說，他不在的時候，不要靠近客房旁邊的那個房間。

師父說，不管裡頭發出什麼聲音，千萬別想著打開那個房間。

我當時看著急匆匆的師父，也匆匆忙忙的點頭答應。

但是，我沒有當個聽話的徒弟。

當師父和雙兒面對面時，我腦子轟轟作響，我的舌頭打結、笑容凍結，急著想找理由解釋。只是，師父平靜的表情，彷彿一切都在他的預料中。

在我面前，他們彼此對望。更讓我驚訝的是，竟然是

在我心中德高望重的師父，先拱手作揖，對雙兒微微的欠了個身。

看起來像小孩的雙兒，我也一直把他當成年紀跟我差不多大的雙兒，看到白髮的師父行禮，竟然也安然的受禮，一副理所當然的樣子。

我們三人就這麼安靜的一路走回藥鋪子，暮色中，雪花隨著風飛舞，但是我心中卻是非常非常的靜，心裡只有一個問題不斷的響著：

雙兒究竟是誰？他從哪裡來？他要做什麼？

這些，回到藥鋪子，我通通知道了。

雙兒，不是哪個國度的人，當然也不是我們一般的人，他是平逢山的山神，有人的形體但脖子上長著兩個頭，人們叫他「驕蟲」。

是的，你沒聽錯，雙兒，不是人，是神。那一年，師父跟著東海先生一同出行，他們的船沒走多遠，來到中山山系的平逢山。平逢山和周圍的山夾著長河，在這裡有個峽灣，要繼續往下航行就得通過這裡，不然還得繞個大圈。只是當船靠近平逢山時，發現山上沒有種植草木，全是灰灰的砂石，但是遠遠看過去，整座山從半山腰到山頂，盤旋著流動的黃褐色光點，像雲朵一樣密密麻麻的，讓山原本的灰色土石忽隱忽現。船一靠近，黃褐色光點像水流一樣漫過來，掌舵的船夫立刻哀聲大叫。

是土蜂！螫了臉，臉就腫了一大塊，螫了手臂，手臂就變成大黃瓜。他們的船困在大江之中，不進不退。

一艘附近捕魚的小舢舨經過，上頭一位白髮老翁，看到師父一行人徘徊河道，問過之後告訴他們，這座山叫平

逢山，山上有個山神，名叫「驕蟲」，是所有螫蟲之神，祂可以召喚與指揮各種蛇蟲。驕蟲個性高傲，不喜歡跟人接近，即使是南山常出現的異獸旋龜，雖說是祂的朋友，要見個面也很難。旋龜活了不知道多少年，跟驕蟲見面的機會也屈指可數。為了避免人來打擾，有人靠近的時候，驕蟲就會指揮各種蜂群，命牠們守護著山、守護著自己。

「可我們不想繞遠走旱路，就想順利通過這峽灣，該怎麼好呢？」

「聽老人家說，之前大禹治水時，也是非得通過這裡不可。那時是西王母的侍者三青鳥代為說項，驕蟲於是就放了大禹一行人。我們被螫怕了，就算經過也從來沒人想靠近，我活了快九十歲了，認識的人沒人上過山。」

三青鳥！聽到這所有的人都倒抽一口氣，這種鳥是有

三隻腳，顏色是碧亮青透的藍，聽說飛行模樣輕靈像個仙子。只是很少人看過，因為傳說中牠們是神鳥，人間不得見。聽到山上住的是「山神」，要請求還得找人間找不到的三青鳥，師父他們當時就在山前，即使知道繞遠路得多花上十天半個月，也只好掉轉船頭。

沒想到舢舨上的老人家突然又說：「等等，假如找不到三青鳥，你們可有活的雄雞？」

「雄雞？有啊，船上正好有一隻，不是要當盤中飧，是帶著司晨的。雄雞和三青鳥根本不同，敢情雄雞也能代為傳訊？」

「試試看吧，畢竟雄雞曾喚醒太陽。你不記得了嗎？上古時代天上曾出現十個太陽，那時舉目所見遍地焦土，河川枯竭。神射手后羿領了堯帝的命令，用他的彤弓素箭

一連射了九個太陽，獨存的那個太陽化作三足金烏，嚇得躲在山後不敢出來。沒有太陽，人間頓時嚴寒黑暗，與之前的炙熱焚燒一樣，都讓人活不了。」

照老人家的想法，既然雄雞能呼喚三足金烏，三足金烏與三足的三青鳥，不是類似嗎？找不到三青鳥，讓雄雞試試看吧！

當時，他們焚香祝禱之後，把船上那隻漂亮的雄雞送上岸，沒過多久，蜂群散去，平逢山山神驕蟲，接受了那隻活的雄雞，並且讓大家通過。

師父在船繞到南山時就跟東海先生告別，獨自上岸回藥鋪子，他先在行囊底下發現蜂巢，順手把蜂巢掛在客房旁房間的窗戶外，不久越來越多的蜂聚集成群，有一天驕蟲突然出現，並且就占用了那個房間。

平逢山在中山系，招搖山在南山系，往來要行船、要走山路，人走要花大半天。若是如蟲鳥般能振翅飛行，兩地距離並不太遠。雙兒來這裡，並沒有跟人打交道，連師父也只知道祂來了，不知道祂為什麼來。師父說祂來了三年，因為房門總是被鎖住的，所以也不知道祂是不是一直都在，還是常隨著蜂群回到平逢山。因為除了第一次照面，之後就神祕的待在房間裡，房間裡偶爾有些聲響，但沒開門，誰也不知道裡頭發生什麼事。

師父當時急匆匆下山離開時，走到一半突然想起，所以特地回來提醒我。畢竟平逢山的山神竟然來到招搖山，是一件不可思議的事情，擔心我要是衝撞了螫神，被群蜂叮咬而他又不在，那就麻煩了。

只是，我不知道，為什麼誰都不見，連師父也不見的

山神驕蟲，會出來見我？還讓我為祂安排了一個名字——雙兒。

說到這點，師父倒有一種大膽的推測，他說所有的人都畏懼雙兒，所有的人都不敢接近，只有我不知道祂是「神」，把祂當成和自己一樣的孩子。說不定就是這點，讓高傲的驕蟲放心的走出來，

我看著小蘆花，心裡想，這隻娘特意帶來的小母雞，說是為了生蛋幫我加營養，沒料到這隻獨特會司晨的小母雞，發揮類似「三青鳥」的作用，成為山神與我這個凡人之間的橋梁。

我們回來後，雙兒又躲在房間裡，祂還在裡頭嗎？已經來了三年，祂哪時會離開？

小小的招搖山，是南山第一山系鵲山的首座山，由於

是山系之首，只要季節變化，風向變換，不少飛鳥就會迷航。時序進入春分，春天過了一半，此時風向開始轉變。幾天前，溫暖的南風剛剛吹起，這風一開始有些不穩定，忽快忽慢、亂糟糟的吹呀吹，就像哪個剛學步的小孩一樣跌跌撞撞的。於是在招搖山和堂庭山之間的海灣，不時就會形成一股旋風，那隻五彩鳥，就是那時候迷途了。

那隻五彩鳥也是著迷招搖山的春天嗎？

招搖山的三月天是溫暖的，是生機盎然的，是陽光遍灑的。這時到處碧草如茵，滿山綠油油。一年多前的秋天，我和爹剛到招搖山，師父滿山尋遍才好不容易找到的祝余草，那是種開青色小花，樣子像韭菜，在一堆雜草中真的很不容易發現的青草，我記得師父蹲低身體找了半天，才找到一株。但是，到了春天，這種草可是密密麻麻的長著

就像細細的絨毛，一層薄毯似的鋪在山頭。

祝余草不算好吃，但也不難吃，這麼好用又能止飢的草，怎麼沒人想到開墾大片土地種植，像種其他莊稼一樣，把這種草種得滿山遍野，那世界上不就沒有「饑荒」這件事情了嗎？不過世間事情就是這麼奇妙，祝余草偏偏就只能在招搖山生長。不像這裡的桂花樹，假如有人在秋天收集桂花籽種下，幾年後就能在別處聞到一模一樣的花香。春天的桂花樹新長嫩芽，這時還聞不到花香，但處處聞鳥語。假如你這時候來到，一定會想在這柔軟芬芳的綠野打個滾。

師父回來時帶了兩枚鳥蛋，鳥蛋小巧玲瓏，只有雞蛋的一半大小，蛋殼是草綠色的，上頭有淺褐色的斑點。小蘆花自己生的蛋是孵不出小雞的，但是牠沒忘記怎麼孵蛋，我把兩枚蛋放在牠的雞窩裡，牠就認真的坐在上頭，

連著好幾天都不怎麼出來。這兩枚蛋孵出了兩隻青身白喙的青耕鳥，當牠們沖上天空，發出第一聲「喳喳喳喳——喳喳喳喳」的鳴叫，春天氣息就更濃了。

五彩鳥是為著春天而來的吧？牠實在太大了，要人不注意到也難，傍晚時牠還在海邊盤旋，似乎不確定自己要飛往哪兒去，五彩的鳥羽在夕陽下顯得光彩奪目。那天，好多人都在海邊看那隻鳥兒，我和師父也好奇的去了，大家議論紛紛。

「這什麼鳥啊？真漂亮！」有人這麼問。「是鳳凰嗎？」有人這麼猜，離我們最近的丹穴山養著許多鳳凰鳥，招搖山這兒也有人養，牠們都有五彩羽毛，單看羽毛顏色實在非常的像。儘管看起來像，卻沒有人跟著附和。許多人都看過鳳凰鳥，牠們個頭不大，頂多像隻大公雞，這隻正在天上飛的，可是公雞的好幾倍大啊！牠盤旋時翅

膀張開的，偶爾搧動翅膀繞幾圈，那翅膀幾乎就要遮住太陽，又會飛叫聲又大，沒人見過這麼霸氣的「鳳凰」。

當時，師父看了許久嘴裡喃喃自語：「好像啊，可是怎麼會只有一隻呢……」天快黑時，最豔紅的夕陽在周圍潑灑朱紅丹彩，那隻鳥朝著我們這兒飛過來，耀眼的陽光在牠的眼睛中閃耀著，比牛眼還大的眼珠子，映著火一樣的血紅夕陽。突然間，牠低飛俯衝，巨大的翅膀搧動周圍的風，許多人在牠掠過時聞到一股柿子的清香，不過我注意到的是牠那桃花紅一般的眼珠子，我的「啊」一聲還沒叫完，那隻大鳥就飛往山中。師父也輕輕的「啊」了一聲，還問我：「你看到了嗎？」等我追問看到什麼，師父又像沒聽到一樣，專注的看著遠方。

回到藥鋪子，師父才問我：「你注意到了嗎？你注意到五彩鳥的眼睛了嗎？」師父這麼一說，我才想到剛剛瞥

了一眼的那對眼睛，紅得發亮像要滴出水一樣，就像有人把光滑的紅色石頭浸在河水中一樣。

「看起來像鳳凰又比鳳凰大的，我印象中只有一種鳥，只是牠們外出飛行時通常都是成群結隊很少落單，大家一起張開翅膀，整個天空就被遮蔽了。牠們住的地方離這裡很遠，不曾有人見過這種鳥單獨出現，這種鳥一出現都是一整群，這一隻怎麼迷航的？為什麼落單？實在讓人不敢確定。」

我們回來的時候，我從陶甕中，取出一小盤柿餅，這是爹娘來的時候做的，前幾天甕才開封。

師父繼續說：「這種鳥跟鳳凰一樣有華麗的外表，但不像鳳凰那樣被人看作德行的代表。牠們的肉質太硬，像木頭一樣，沒有人想吃；牠們的體型太大，雖然有鳳凰般美麗的外表，但動作不夠靈巧，沒人想要飼養在家裡。

原本以為這樣可以逃過殺身之禍，但是那對眼睛像紅琥珀一樣，卻為牠們惹禍了。辨識牠們最好的方法，就是看牠們的眼睛。剛剛，我是看到那對眼睛，才確定就是北海岸蛇山才有的『翳鳥』。」

師父還說，身軀龐大的翳鳥，每顆眼珠子就像小孩的拳頭這麼大，人們給那眼珠取了

個名稱——翳珀，想捕捉的人就是看中那對眼睛，那像紅琥珀的眼珠，有人相信，送出翳珀當定情物，就能讓兩情相悅，天長地久。

這樣真的有用嗎？我非常好奇。在家鄉時，我曾看過在游婆婆家進出學女紅的那些姊姊、阿姨們，她們繡出小巧美麗的羅帕，四個邊分別是不同的花，有人還把羅帕放在

玫瑰、百合中，香噴噴的送出。學木匠的大楞子，曾送我好幾把梳子，還神祕兮兮地說，這以後可以送給女孩當定情物。居然有人想挖鳥的眼睛當定情物，真讓人覺得不可思議。

師父一邊吃著柿子乾，一邊說：「我聽說翳鳥特別喜歡柿子，也許你爹娘那時做的柿子乾沒全收起，所以牠來到還有東西可吃，所以就安心的待下來了。」

柿子是秋天才有的味道，儘管秋天的腳步已經離開很久，但樹林裡還留著許多那時娘要大哥哥處理，卻沒來得及收走的柿子。他們離開的時候，娘還不斷的提醒我：「前廊曬的柿子，你要記得收下來啊！」

「我知道，娘！」

「捂霜的方法還記得嗎？你要記得把乾柿子好好的捂霜，知道嗎？」

「我知道，娘！」

那一聲聲的叮嚀，讓離別的失落感越來越濃。現在回想起來，我心中還是迴盪著思念。

許多事情的安排就是那樣巧妙，我完全沒想到，爹娘下山之後，為了找小蘆花，我與雙兒正式見了面。

假如爹娘沒帶小蘆花來呢？那一定又不一樣了。

誰也不知道翳鳥會待多久，牠來了會帶來什麼改變？會連帶著發生什麼事情，誰也沒辦法提前知道。但是，我知道的是，假如不是爹娘發現了柿子，那麼現在林間也不會有掛著風乾的柿子，也許翳鳥就不會出現了。

吃著我自己做的柿子餅，我又有點想爹娘了！

四·怪象的預言

住在別處的翳鳥來到，並沒有造成人們的恐慌，因為看那幾天飄搖不定的南風，就知道是什麼原因。師父常說，許多的變動中藏著不變的規律，四時有序，萬物有理，這是大自然對人們的承諾。所以，春天就該看到遍生的祝余草，秋天就能找到藏身於密林間的柿子，雪花與寒風總在冬天來到，哪天一抬頭看到酷熱的豔陽，就知道那應該是夏天。假如變動不是按照原有的時節來，又不像翳鳥東來那樣，是有跡可循的，那麼看到怪象，就得想想人們是否遺忘了什麼，是否該記住些什麼。

師父這次遠行，是應李其縣官的請託。他們連夜往南，目的地是南海郡的南禺山，據說到達當地已經深夜，縣官劉鼐還是守候在客棧，看出劉鼐縣官對這件事情是多麼的看重，又是多麼的焦急煩惱。

南禺山臨海，高低起伏的山丘終年常綠，住在這裡的人都是一派樂天知命的模樣，他們平地耕田、山地採果、濱海捕魚，這種尋常莊稼人的日子，過得安然自得。

這座山跟我們招搖山有個相似的地方，那就是山上也產金屬礦物和各種玉石，雖然兩地的礦石質地不太一樣，但陽光照著時，從遠遠的方向看過來，就可以看到山石光燦的微光。很多地方的人，認為金銀財寶代表富足，能多挖一點帶回家多好。但南禺山的居民，只要站在家門前，拿著鋤頭往地上一掘，就可以發現土壤中有晶晶亮亮的點點砂金。別處稀有的珠寶玉石，在這裡都只是山上、土中

的尋常產物，跟泥土沒什麼兩樣。

南禺山還有個特別的地方，半山上有個不到一人高的洞穴，入口很小，進去時要彎腰低頭走十幾分鐘，之後豁然開朗別有洞天。外面寒冬裡頭卻是溫暖舒適，有人甚至會在裡頭小憩一番呢！洞穴中央有個深不見底的大坑，裡頭怪石嶙峋，沿著兩側洞穴山壁周圍，遍生各種奇花異草，不時有各種奇異的蟲鳥飛舞其中。不過，居民進入裡頭最大的目的，是尋找一種吊生在山壁的矮小樹叢，這種樹叢長出圓圓的樹葉，像是小巧的荷葉，秋天開花，花瓣是紅色的，上面有蛛網般的黑色紋理，聞起來像蒸熟的栗子。到了冬天，花朵結成果實，是一顆顆鵪鶉蛋大小的橘色漿果。這種樹一年一生，不容易找到，樹叢在岩壁吊生，得費些攀爬的功夫，而且每年長的位置不同。不過，一過立冬居民就搶著進去尋找採摘，全是因為相信這種橘色漿

果吃了之後，可以多子多孫，大家都喜歡家裡多些人口，多了幫手，多熱鬧多歡樂，多有福氣啊！

不過能進洞穴的時間很短，一到立春，甚至差不多從節氣大寒開始，就沒人敢再往洞穴裡摘果，幾乎是連洞穴都不敢靠近。立春一到，洞穴裡會傳來轟隆轟隆的聲音，彷彿整座山開始低鳴。那是山中每個不同方向湧出的山泉、地底泉，春天來到，大大小小的水流不約而同的匯入洞穴，慢慢填滿那個大坑。

轟隆隆的聲音越來越大，隨著天氣漸漸暖和，低鳴變得更低沉有力，彷彿整座山都在震動。夏天一到，豐沛的水瀑從洞口噴出，一路奔騰，直通大海。

這麼規律的節奏，卻在前一陣子被打破了，先是洞穴出現怪象，接著怪事一樁接著一樁發生，讓當地的人疲於奔命，人心惶惶，那也是師父被請去幫忙的原因。

最先造成恐慌的是洞穴裡那隻似蜂又似鳥的怪物。

師父去的時候立冬剛過，南禺山的人們開始進入洞穴準備摘今年的果子，沒想到進入洞穴之後，眼前景象讓他們驚慌失措。原本像是世外桃源的洞穴，不知道為什麼變得歷盡浩劫：前一年繽紛多彩的花草樹木，竟然有一大半枯萎凋黃；前一年

生機盎然、處處蟲鳥的景象也不復見，裡頭蟲、鳥、爬蟲的屍體遍布四處。究竟是什麼原因讓植物枯死、鳥獸死亡？

第一批進去的人在周圍努力尋找，想看看能否找到原因，沒想到他們撥弄時不小心碰觸了一個松木巢穴，翻覆的巢穴竄出一隻像鴛鴦一樣大的怪物，怪物披著深紅色的鳥羽，樣子像大馬蜂，一邊飛也一邊嗡嗡嗡的叫個不

停。當怪鳥逼近，露出尖尖的鳥喙，更駭人的是尾巴竟然也如同馬蜂一樣，有嚇人的長刺。

「師父，那是馬蜂嗎？您去了就幫忙捕捉馬蜂吧？」

馬蜂可不是平常見到的普通蜜蜂，一隻馬蜂的毒性比尋常蜜蜂多得多，一被叮咬，馬上腫成一大塊。小時候我聽爺爺說得多了，有人開玩笑的捅了馬蜂窩，被叮咬成腫脹的大花臉不說，連命都差點沒了。既然山洞裡出現的那個「馬蜂」比普通的大十幾倍，還不請自來，占據洞穴為王，師父一定是想辦法捉牠了。

「小雞，看來你待在這裡是學了不少東西，你說說，我會怎麼做呢？要是我抓了那隻『大馬蜂』，我們可以拿牠來做什麼？」

沒想到師父竟然考我，幸好我一直都很認真的看著師父處理藥材。我得意的回話：「我猜，您一定找了幾味藥

草，點了藥草煙薰，等蜂不敢亂飛的時候，用一個大紗網密密的包住……」

師父微笑著點頭，具有毒性的馬蜂，對莊稼人來說，看到就是寶，要是爺爺摘到蜂房，就會把蜂蛹、馬蜂直接拿來泡酒，平時喝一點，可以活血止瘀。我曾經好奇的打開酒罈聞一聞，原本以為會聞到蜂蜜的味道，沒想到就只是原本白酒的氣味，沒有其他特別的味道。我在師父這裡，還學到怎麼處理蜂房，蜂房才是更珍貴的部分。

「師父，我猜，接著您把蜂房帶回去，教他們怎麼洗乾淨、在蒸籠上鋪上粗布，這樣蒸過幾遍蒸透了，之後剪成小塊曬乾，再略為炒過，等蜂房變成微黃色，就可以存著備用。對嗎？」

藥鋪子的百子櫃裡，有幾格放的就是處理過的蜂房，隨著蜂的種類不同，藥材的色澤也有些許差異，不過效用

都是差不多的。蜂房在藥方裡的名字很多：露蜂房、紫金沙、百穿、蜂腸，指的都是這種處理過的蜂巢。師父說這個藥材對於治療疼痛特別有用，曾有人牙疼來求助，師父拿了些磨成粉，要那個人用白醋對水燒熱，再把粉末倒進攪拌後拿來漱口，就能消炎止痛；還有人被蟲子螫得整條腿紅疹，師父也是挑出一塊露蜂房磨粉，再用玫瑰、豬油等調和製成藥膏，讓那個人帶回去塗抹。

我看過好幾次，對自己說的很有把握。

師父點點頭：「小難，你說得很好，我本來也打算這麼做。我聽那裡的人說的，也以為只是一隻大一點的馬蜂，那就只要找到蜂房處理好就沒問題。但是當我跟著朋友靠近山洞，還沒走進去，那隻怪鳥就飛了出來。牠發出嗡嗡嗡的聲音，只有單獨一隻，不像真正的蜂類成群而

出。牠飛得很慢，所以看得特別清楚。說牠是蜂類，更像是鳥類。當我正想著是不是還要進去找牠的『蜂房』，一隻雀鳥飛過，牠用尾端螫了一下，那隻雀鳥就瞬間筆直掉了下來；大家張網想捕捉牠，牠東撞西撞掙脫了，螫了幾棵松樹，那些松樹也慢慢凋萎……我們還不知道那是什麼怪鳥，也怕牠螫傷了村民，所以只好先退回村子。」

南禺山從來沒人見過這麼奇特的怪鳥，奇形怪狀不說，似乎渾身帶著毒，螫到鳥獸，鳥獸則死，螫到草木，草木枯萎，這狀況讓人人自危，不敢外出。洞穴裡的怪鳥不知何時會飛出，為了避免遭殃，人們只好盡量不接近那裡，今年採不到橘色漿果，大家都覺得有些可惜。

本來以為這已經是最糟糕的，沒想到禍不單行，怪鳥一隻接著一隻飛來，李其縣官收到求助，才會匆匆忙忙

來請師父過去。本來想請到處旅遊的東海先生一起前去，東海先生這會兒不知道遊歷到哪兒了，師父同樣是見多識廣，村民都希望有人能幫忙。

「都是鳥？」

「是的，都是從遠方飛來的，偏偏牠們來自不同的地方，所以不是像那隻翳鳥一樣，至少知道牠是跟著南風而來，這也是我百思不得其解的地方。」

「師父，那您幫忙捉到那些鳥兒了嗎？」

「怎麼抓得了？那些怪鳥也不知道從哪裡來，飛到南禺山就像來到自己家一樣，找到一棵樹就自己住下來了……」

「師父，那您認出是什麼鳥了嗎？」

師父告訴我，除了洞穴裡那隻不知名的怪鳥，南禺山在半個月內，又陸續出現三種怪鳥。

其中一種應該出現在北方景山的「酸與」，這種鳥形體很大，差不多跟一個小孩一樣高，翅膀伸展開來有兩人高。身上有兩對翅膀，三隻腳輪流站立著，細長的脖子上有個三角形的鳥頭，頭上居然有三對眼睛。牠的叫聲刺耳，就像把「酸與」兩個音拖長一樣。只要牠一叫，居民們都想掩蓋著耳朵，說單單聽了聲音，就心神不寧。

「還好我們這裡沒有酸與！」我悻悻然的說著。

「相傳酸與出現了，那個地方就會發生讓人恐慌的事情，這樣的預言讓居民驚慌害怕，當牠站在哪一家門前，那家人就只能緊閉門窗，深怕觸了什麼霉頭。」

「景山距離南禺山幾千里，酸與有巨大翅膀能飛過來，也是不足為奇。怪的是另一種該出現在栒狀山的怪鳥蚩鼠也現身，栒狀山雖然比景山離南禺山近一點，但也有

幾百里。讓人不解的是，蛩鼠是一種不會飛的鳥兒，牠的外型更像雞，雞怎麼能從那麼遠的地方跑來南禺山呢？」

師父說這的時候，小蘆花正好咕咕咕、咯咯咯的叫著走過來，啄了啄地上的麥子碎末，又踏著步子晃悠悠的離開。在家鄉的時候，有時家裡的狗會去雞舍裡胡鬧，那時雞舍可熱鬧了，「雞飛狗跳」可不是隨便說著玩的。只是，雞再怎麼氣急敗壞，也頂多追一段、跑一段、跳一段，不像鳥一樣想飛多遠就飛多遠，我無法想像小蘆花翻山越嶺的模樣。

「蛩鼠身上的羽毛是黃褐色的，不太像鳥羽，更像是黃牛或者黃狗的毛，我一看到牠後頭拖著那根長長的老鼠尾巴，就知道牠是什麼鳥。這種鳥出現在哪兒，那個地方

就要發生大旱。只是南禺山離海近，山上的洞穴又是千百年來的水源，那裡從來不曾缺水，要發生怎樣的情況才會『大旱』？我也是想不透。」

「最讓人憂心的是，蚩鼠旁邊總是跟著另一種拖著老鼠尾巴的鳥，外型跟野鴨子差不多，那是來自硜山的絜鉤。絜鉤會游水，會飛翔，還能用爪子攀著樹幹爬上樹。我在那裡的時候，牠每天會爬上樹頂幾次，發出急促的『嘎嘎嘎』叫聲。這『嘎嘎嘎』和刺耳的『酸——與、酸——與』，整日瘋狂叫囂，居民真是苦不堪言啊！」

兩種鳥都長出老鼠尾巴，又都從外地來到南禺山，雖然是怪象，為什麼師父會擔憂？師父不是一直都覺得凡事都事出有因，怪鳥匯集在南禺山，一定也是某些事情的原因。

「猰貐，我之前見過三次，傳說中猰貐出現當地就會出現瘟疫，那三次也真的都有怪病發生，疾病來得又急又快，感染的人太多，那三次大夫都找不到患者發病的原因，只能等待瘟疫退去。這回又看到猰貐，雖然直到我離開的時候，還沒聽說有多人發病，但我還是很擔心。」

「師父，那您是把怪鳥都趕跑了嗎？」

「四種怪鳥，來自四個不同的地方，牠們怎麼來的，我不知道；牠們之後要往哪裡去，我也不知道，那隻以洞穴為居所的怪鳥，我甚至還弄不清牠叫什麼呢！那些凶鳥沒人敢去捕捉，還好就只有單獨一隻，牠們各據樹林一方，自來自去，沒人想去招惹。我在那兒待的那段日子，還真的幫不上什麼忙。我離開前，最惦記的就是藏身洞穴

的那隻怪鳥，又像蜂又像鳥，那到底是什麼！離開前，我請當地的人帶我上山，在酸與歇息的那棵巨木底下，我找到一窩青耕鳥的鳥蛋，就是我帶回來的。鳥媽媽已經不知去向，我想也許那也是大自然巧妙的安排。」

我看著那兩隻青耕鳥，牠們破殼而出的時候，我正好在小蘆花的雛窩前，我為牠們布置了自己的小窩，當時，也是我第一個托著牠們、餵牠們吃搗碎的雜糧糜粥，兩隻青耕鳥似乎因此把我當成牠們的媽媽了，飛出去再遠、再久，只要我一吹口哨，就通通乖乖的飛回來，還會停在我的肩頭呢！

這兩隻青耕鳥個頭小巧，可以托在手掌上，比麻雀大一點而已。師父在南禺山見到的怪鳥，一個比一個凶狠、一個比一個難纏，我這兩隻小青耕鳥，怎麼可能打得贏？

「呵呵，小難，我不是讓牠們去跟怪鳥打架，看架式就打不贏呀！青耕鳥是傳說中的祥鳥，人們總認為青耕會帶來好運與福氣，聽到牠的叫聲『喳喳喳喳』，就覺得像是聽到『喜事到家』，牠這麼受人歡迎，人們認為只要牠出現就可以驅散瘟疫。」

想到那三隻凶鳥的預言，將會帶來旱災、瘟疫和恐懼，似乎是天災人禍都在前頭等著了，假如真的是這樣，住在南禺山的人們，不就有一場硬仗等在前頭嗎？

「我離開前都還沒特別的病症，只是三隻怪鳥同時出現，怕是躲也躲不了。既然找到青耕鳥蛋，不知道整個南禺山還有多少青耕鳥來築巢？能不能找更多人來養呢？除了我自己留的兩顆，當我把那窩鳥蛋剩下的都送給劉鼎

縣官，他似乎也鬆了一口氣，因為在諸多怪鳥來當不速之客時，至少還出現了一種祥鳥，狀況似乎就變得不那麼糟糕了。」

面對無法掌握的未知，師父再一次從「定心」著手。師父常說的，心定了，智慧就開啟了；智慧開啟了，面對動亂就不著急了；不著急了，常常就能看透問題，也就能順利的解決問題了。

面對諸多怪象，南禺山居民們心情惶恐與躁動，真的能靠著小小的青耕鳥扭轉嗎？

當我為這操心的時候，肩膀突然多了些重量，轉頭一看，兩隻青耕鳥溜達回來，正一左一右的停在我的肩頭。牠們翹著尾巴、靈活的轉頭、小小的眼睛烏溜溜的，看到

我開心的叫著「喳喳喳喳——喳喳喳喳」，似乎說著「喜事到家——喜事到家」回答了我的疑惑。

既然我的青耕鳥都告訴我「喜事到家」不用煩憂，我也就暫時放下對南禺山居民的擔心掛記了。

五·至高的無用之用

穀雨之後的招搖山，天氣變得更暖，雨水變得更多，淅瀝淅瀝的春雨浸潤萬物，映著滿眼都是新嫩的綠。雨天，師父就不怎麼出門，說既然雨水潤濕是為了讓萬物滋長，人們何必去驚擾。沒特別的事情不必外出，因為此時山路也容易打滑，況且待在藥鋪子裡，我也有學不完的事情。

天雨，難得出去，雙兒也難得走出他的房間，我在屋子裡忙著手邊的事，心早已飛到外頭去了。有一天，下了好一陣子的雨終於停了，陽光露了半張臉，地上雖然還是

濕濕的，但我看著正在讀書的師父，他似乎一點也不想挪動身體。我嘆了一口氣，真盼望師父能說：「小雞，我們上山採藥去。」屋子裡待久了都快發霉啦，能出去曬曬太陽活動活動，該有多好。

不過，今天藥鋪子也有讓我期待的重要事情，師父要教我從來沒做過的藥材「炮燙」。師父說，有些藥材，直接洗淨、曬乾、烤乾就可以入藥，有些卻要磨成粉才能發揮功效。那些需要磨粉的，特別是動物類的藥材，就會運用炮燙法。炮燙和我之前學過的炙炒有點類似，只是炙炒用文火，炮燙得用武火，把藥材拌在礦物細粉中翻炒，讓藥材受熱均勻，炮燙之後的藥材變得又酥又脆，也更容易磨成粉。

為了今天的炮燙，前前後後我已經準備了快一個月了。

上個月初，師父帶我出門時，在河裡新生水草叢中，看到許多棕黑色的大水蛭，這些水蛭爬在水草上，一條一條的軟不溜丟，好像泥鰍一樣。師父看了看，沉吟了一會兒，回家時看到路邊瓜棚底下掉了一個老絲瓜，瓜肉都爛掉了，只剩下粗糙的瓤。師父看了如獲至寶似的，要我撿了回去。之後，師父要我到毛叔家，跟毛嬸要了一大碗雞血或鴨血，不過那一天毛叔正好上山，獵捕到一隻山羌，所以我帶回一大碗山羌血。

我把絲瓜瓤浸泡在山羌血中，將血吸透再晾乾。晾乾後的絲瓜瓤，聞起來還是有股腥味，我不喜歡這個味道，不過這正是水蛭最喜歡的氣味。當我照著師父說的，把泡過血的絲瓜瓤切幾小塊，放在河邊。早上才放的，到了傍晚去看，每一塊都像是蜜糖黏著螞蟻似的，水蛭也密密麻麻的黏在絲瓜瓤上。我用棍子敲著絲瓜瓤，把水蛭抖落，

再把絲瓜瓤放在原處。這樣做了幾天，已經收了一大桶的水蛭。師父讓我找水缸養著。

我把大鍋找出來，往裡頭倒了半鍋的滑石粉，師父說工序是先把滑石粉炒熱了，再把水蛭投入拌著滑石粉一起炒，得炒到水蛭顏色變成淡黃色才行。師父的方子裡常用到滑石粉，雖然都只有一點點，滑石粉總是用得著，還好招搖山上有幾處山壁就是滑石礦，用完再去挖取，帶回來洗淨、曬乾、研磨，又能用好一陣子。

當我正準備生火時，院子外傳來說話聲、腳步聲、吆喝聲，好不熱鬧，原來是吳嬤嬤帶著自己最小的孫子東東過來。

炮製藥材得全神貫注，半點都不能有所閃失，既然有客人來了，師父就要我先擱著，免得讓人碰撞了。我上次看到東東，他還不到一歲，還得讓人抱著，不會說話也不

會走路，現在的東東雖然還不到兩歲，已經能滿場亂跑亂跳亂叫，活潑又調皮。

雖然冬天走遠，春天時節的天氣還是忽冷忽熱，擅長縫製衣服的吳嬤嬤，一定是怕東東凍著了，幫他做了一身鋪著厚棉的短襖，肥肥寬鬆的褲子，腰間有深色的綁帶，看起來帥氣又可愛。

東東來到藥鋪子，跟我以前一樣對什麼都很好奇。吳嬤嬤的手才鬆開他，他就一個箭步衝到百子櫃，想拉開那一個個小箱子，還好要打開那些箱子需要一些巧勁，東東打不開，使出吃奶般的力氣還是沒辦法。吳嬤嬤把他拉回來，罵了他幾句，東東癟著嘴快哭了。可是一不注意，他又像陀螺一樣，滿屋子又跑又跳的，根本就像河裡抓不住的鱔魚。

東東長得胖嘟嘟的，臉頰紅通通的，他穿得太暖，在屋子裡橫衝直撞的，沒多久就滿頭大汗。我正想說：「這樣可不是『東東的臉兒紅咚咚』……」沒想到話還沒說出口，他一不小心跌跤，立刻哇哇大哭，一哭起來，原本已經滿頭大汗滿面紅的臉更紅了。

吳嬤嬤一把抱起東東，一邊拍著安撫，一邊掀開他的上衣衣襬跟師父說：「這小子真麻煩，您看，我這次來就是為了這個，這些疹子一流汗就冒出來，一冒出來他就癢得直哭鬧。您幫我看看他到底怎麼了？」

那時，師父看了一眼，沒有直接說怎麼做，而是招招手要我幫東東檢視。吳嬤嬤抱著東東，讓我看看他的腹圍，那裡長了一圈紅疹，小小的、尖尖的，一個一個突起像個小山丘。紅疹長得很密，怪的是我注意到連頸子上、臉上也冒了出來，剛進門時明明沒有的，吃了什麼東西

嗎？但東東進門之後，老是跑著戴著玩，還沒吃什麼呢！還是沾染了什麼蟲子？像是總是出現在雙兒周圍的蜜蜂蟲子？可是雙兒也已經好幾天沒出現，他房門的黃銅鎖還是好端端的呢！

我注意到東東肚子鼓鼓的，靈機一動的說：「師父，是不是該給東東準備『育沛』戴著？」

春天到了，草叢裡、泥地上，常會有跟著天氣暖和而孵化的各種蟲子，一不注意就會沾惹上。這些蟲子都極其微小，一般人根本無從發現，只有在身體長了疹子、出現抓痕、甚至是蟲子爬行移動的紅腫痕跡，才會知道自己被不知名的蟲子盯上了。我記得師父提過，怪蟲種類不勝枚舉，無處不在，防不勝防，有人只是赤腳走了一段路，回家不久之後發現身上奇癢無比，長出奇怪的疹子，肚子也跟著鼓脹凸起。想治癒怪疹，可以準備「育沛」穿上繩子，

讓這個人佩帶著。

「育沛」是不透光的乳黃色蜜蠟，裡頭封著一隻像烏龜模樣的小爬蟲，看起來有龜甲、有四隻腳和頭、尾，只是小到只比銅板大一點，模樣十分可愛。招搖山是麿河的發源地，種了滿山松柏楓桂等大型樹木，樹木豐沛的脂液，落地成塊，落水成團，順著河水往下游送，春天河水充沛的時候，居民就會在河邊碰碰運氣。

招搖山有那麼多樹木，也有很多的樹脂，照理說應該可以找到很多「育沛」，可惜不是這樣。因為當樹脂流出之後，要正巧封住那一隻扁扁的小烏龜，而樹脂又得是不透光的蜜蠟，而不是透明的琥珀，這幾種巧合要恰好全加在一起不太容易，這也讓「育沛」變成可遇不可求的寶貝。

正因為如此，雖然居民到河邊成簍成簍的撿拾，但是大多數都是普通的琥珀樹脂，磨成粉加在方子裡，可以收

到鎮定安神、活血利尿的功用。在居民找到的一百塊樹脂中，可能只有一塊稱得上是「育沛」。我記得百子櫃下層有個格子裡頭還有兩塊，等會兒師父就會叫我找一個繩子穿上「育沛」給東東了吧？

師父笑著搖頭，但還是誇了我：「小難不錯，會想到從近處選材，只是育沛通常會用在防患未然，東東的疹子都發了，你還有別的想法嗎？」

受到師父的鼓勵，我開始努力的想，從我們招搖山往外拓展，有哪些距離不遠，可以派上用場的藥材。是往東一點，在柢山可以找到的鯥魚嗎？之前，龍叔和毛叔就送過來一個怪模怪樣的東西，還是活生生的。龍叔說，他們到柢山幫工，在一處小山丘旁的河邊，看到這個模樣像小牛的東西，他們以為是野牛，一箭射去，那頭牛竟然躍入水中游水。當他們用網子捉住時，這才看清這個怪東西，

腋下有一對翅膀像鳥，尾巴細細長長擺個不停像條蛇，頸部有鰓蓋又像是魚，那個四不像的東西被抓住之後，發出哞哞哞的牛叫聲，旁人還以為他們抓到牛了呢！

龍叔把怪東西送過來時，牠已經奄奄一息。師父當時要我立刻生火準備炮製，說這是難得一見的鯥魚，因為怪模怪樣，許多人看了就退避三舍，再加上牠機靈得很，水裡、陸地都可以暢行，很少人抓得到。鯥魚還有個特別的地方，冬天天氣嚴寒，牠游著游著會被凍在冰層裡動彈不得，就像是已經死掉一樣，但只要夏天一到河水溫暖，牠又活過來了。牠的生命力很強，冬死夏生，要不是這隻剛好被箭射中，也不會落入龍叔的手中。

處理鯥魚要趁牠還有氣息時，不然就完全沒效果，師父那天要我快速的把鯥魚清洗乾淨、切成條狀、用酒浸泡，之後把石板燒熱，把肉條放在上頭烤乾。烤到完全乾透又不能燒焦，就可以收進百子櫃裡。鮭魚很難得見到，牠的肉是珍貴的解藥，身上要是長了什麼不知名的毒瘡，都能收到很好的治療效果。

東東身上的疹子，只要活動力旺盛，一跑一流汗就冒出來，他需要的是鮭魚嗎？

我還想到的是會出現在英水的赤鱬魚，這種魚比較常見，大小跟鯉魚差不多，只是長了一張人臉。抓到赤鱬，簡單的煮成魚湯，常吃就不容易長疥瘡。我想到卻沒說出來，因為擅長裁衣的吳嬷嬷，也是烹飪高手，英水離這裡不遠，她一定為東東準備過赤鱬湯了。而且皮膚上的疥瘡沒醫治會非常癢，要真的是疥瘡，東東怎麼還可能開心玩耍好一陣子。

當我想了又想，不敢猜測時，師父終於說了：「小難，

就用鍋子裡的滑石粉就可以了，你再找些綠豆粉、冰片和著滑石粉研磨。」師父在紙上簡單的寫出方子，都是些看似普通的藥材，東東這會兒突然冒出的疹子，難道不怎麼嚴重？

哭鬧好一陣子的東東，哭聲也終於停止，說也奇怪，他臉上、頸後的紅疹範圍，似乎也消退了一點。這究竟是怎麼一回事呀？

我聽見師父跟吳嬤嬤說：「東東這症狀是小孩常見的痱瘡，大抵是汗水宣洩不順造成的，您給他穿得太保暖了，東東不會自己脫衣服，一冒汗，汗水悶在衣服裡頭，就生出痱瘡了。天氣暖了，不用穿這麼多，衣服通風一點比較好。我待會給您準備幾包藥洗，小難會磨好一些痱瘡粉，洗過澡把身體擦乾，可以撲些痱瘡粉，如此一來，東東會舒服一些。」

「這小子真讓人擔心，南山先生，我該怎麼幫他補一補啊？」吳嬤嬤有點憂心。

「不用補了，天氣越來越熱，瓜果開始長出來了，您就把節令的瓜果多加一些在菜餚裡就好。」

「您不開個方子讓他吃點藥？」吳嬤嬤還是不放心。

「這不用特別吃藥的，再說，我看小孩子也不肯吃苦苦的煎藥吧！這樣好了，您自己在山路上拔一些蒲公英、車前草、鮮薄荷、金銀花，數量不拘，加水煮茶，放點冰糖，放涼後東東就愛喝，這喝了也能清熱化濕。」

蒲公英、車前草、鮮薄荷、金銀花……這真的是每個人都熟悉的路邊野花野草，夏天時節，藥鋪子也會隨時煮一大壺放著，還真的是多幾味、少幾味都不礙事，是最簡單的茶飲了。

聽到寶貝孫子沒事，吳嬤嬤眼睛都笑彎了。

他們正準備離開，我也打算正式生火開始炮炒，外頭又是熱鬧的聲音，好久不見的李其縣官，帶著幾個僕役，又是扛著幾籮筐的東西。

「你又幫我帶東西了？我的地窖還滿滿的呢，不要再送我了，吃不完的。」

師父以為像前幾次一樣，李其縣官為我們送吃的。春天開始，附近的居民不時就送東西過來，我們已經有吃不完的東西了。

「南山先生，這不是吃的，這是一些怪東西，看起來都是沒用的，我也不知道是什麼，我想怪東西往您這裡送，說不定哪天就會派上用場。」

幾個籮筐，都是粗糙的石頭。

李其縣官說：「前一陣子有個村子的橋斷了，那座橋是幾個地方唯一的對外通路，懸在兩座山中央，中間是

湍急的河水，河水上游是山上的雪水，水流充沛，終年不歇，實在很難修復。居民倘若走橋底河谷，不但得花很多時間，也會被洪水困住。因為實在太緊急了，所以當時您還沒回來，我們也只好先讓小難自己一個人待在藥鋪子。」

「沒事的，小難也不是小孩子了，他顧頭顧尾還挺細心的，我也不太操心。倒是那村子的橋斷了，您怎麼做呀？」

「縣府幾個小夥子去幫忙，我們原本想從河底打樁做出支撐橋墩，看看能否架一座平面橋，但河水奔騰，很難完成；我們又想到可以像之前那座拱橋一樣，由兩端分別進行搭建，看能不能重新建一座新的編木拱橋，但是這方法也行不通，推估以前搭橋時，河底的水流還沒這麼大，工匠還可以從河床配合搭木段支撐。試了好幾個方法，最

後是重新在河岸兩端打樁，花了好一番功夫弄了一座新吊橋。」

　　這些石頭，就是從河谷找到的。李其縣官一邊叫僕役把石頭擺出來，一邊還不好意思的說著：「那條河谷什麼都沒有，就是石頭特別多，有些石頭在河床上，有些在河谷周遭的小山洞，我想應該是沒什麼用的東西，不然早就被人撿光，也不會留到現在了。」

大哥哥擺出來的石頭，大大小小的，已經在藥鋪子裡擺了一圈了，果真什麼紅的、黃的、綠的……顏色都有，有的裡面還有發亮的金沙，吳嬤嬤和東東都看得目不轉睛，我也看得嘖嘖稱奇。

聽到李其縣官這麼說，師父笑著回答：「每樣東西都是有用的，有的也許還沒找到適當的用途。小難……」師父招手要我過去，他挑了幾塊「石頭」，在桌上一字排開。

「這些沒什麼用的東西，我看到它們五顏六色的，看起來也奇巧俊俏得很。我也當個

風雅之士好了，有人玩玉，我送石頭，南山先生，您別見笑，我知道您這裡什麼都有，要是這些石頭沒什麼用，您就擺在院子裡，留著當石頭敢當好了。」

「好說好說，小難，你說說這些是什麼？」

這幾塊「石頭」，沒磨成粉，也還沒放在百子櫃裡，難道它們不只是石頭？果真，師父問我：「你聞一聞，想一想我曾說過什麼藥材。」師父要我掂一掂、聞一聞，我遲遲不敢確定，半天說不出所以然來，在我看來這些分別就是紅石頭、白石頭、藍石頭啊！

看我遲疑的模樣，師父搖著頭說：「小難，你要再用點心啊，這都是你幫我配過藥的，怎麼了？當它們露出原本的樣子，你就不認識啦？」

原來，白石頭是滑石、紅石頭是朱砂、藍石頭是曾青、

黃石頭是琥珀、暗綠色帶著透明光澤的是陽起石……它們各有各的用途，若是不說，旁人看起來就是「石頭」。難怪師父要搖頭，這些我都曾清洗過、磨製過，怎麼記不住呢！特別是滑石，大廳外頭的天井，那口炒鍋裡，我剛剛才放進半鍋自己打磨的滑石粉呢！

聽到每一塊石頭都是藥材，換成李其縣官瞪大了眼睛：「這些竟然都是藥材？不只是奇巧的石頭？我還以為它們都沒用處了，才會整個河谷都是。」

「沒錯，都是藥材，它們用無用之姿，靜靜的躺在河谷、洞穴裡，等待了千百年，也許就等著某一天，有個知曉價值的人，發現它們的妙用。李其縣官，您是讓它們重出江湖的大功臣啊！」

師父說得有趣，屋子裡的人都笑了，連東東也呵呵笑

著，圓圓的臉、笑得彎彎的眼睛，看起來真可愛。

他們待了一個上午，陸續離開。我剛把火生好，正在翻炒滑石粉，又聽到車馬雜沓的聲音。這次只有李其縣官單獨騎馬的身影，他人還沒到，就大聲的說：「噢，我忘了告訴您，我來這裡還有一件事

情，劉鼒縣官幾天前捎來好消息……」

六·瘟神退散

好消息？難道南禺山居民真的靠著成千上萬隻的青耕鳥，把那四隻怪鳥都趕跑了？家裡兩隻青耕鳥，小巧可愛，看起來一點都沒有可以擊退惡鳥的架式啊！

「南山先生，您離開之後，南禺山居民整天面對那些怪鳥，聽怪鳥叫聲此起彼落的，長久的憂心忡忡，後來真的陸續有許多人生病，只是症狀不太相同。有許多人高燒不退、久咳不癒，有的人飲食無味、胸悶氣鬱，也有人腹痛如絞，或者腹瀉不止。輕者臥病在床十數日無法自理，重者就一命歸天。」

平時鎮定的師父，聽了這些話，難得也皺緊眉頭，一

副嚴肅的模樣。

李其縣官嘆了口氣接著說：「我看劉鼐縣官的前半段的信，也是為他們捏一把冷汗。生病的人越來越多，有的一家先是一人染病，後來整家人陸續發病，偏偏每個人狀況都不太一樣，當地的大夫真的束手無策。」一開始原本鄰里間還能幫忙照料病人，後來因為家家戶戶都有一兩個生病的人，人人自顧不暇，情況越來越危急。發病的人太多，大夫忙得焦頭爛額，不知道病症從何而起，也不知道該怎麼治療，無法對症下藥，只能給些柴胡桂枝湯、清肺止咳湯等基本的方子，讓患者舒服一點。

看起來越來越嚴重，完全沒有解藥，一定是那幾種怪鳥帶來的禍害。師父在那裡待了快一個月，都沒想到好方法，現在又過了幾個月，劉鼐縣官怎麼還有「好消息」可以回報！

「南山先生，您還記得南禺山半山腰那個山洞吧？」

「我記得，我還親自進去過。據說以前洞裡奇花異草美不勝收，春天山泉湧入其中，夏天水會從洞口奔騰而出。」

「當地半個村子的人都染病了，全是那種讓人束手無策的怪病。可奇事發生了，驚蟄一到，春雷如同往年一樣轟隆作響，只是今年的雷聲詭異極了，比往年密集不說，有幾天幾乎是雷聲從早到晚不停，一道道的閃電劈裂著天空，把夜空照成了白晝。居民們看到這異象，再加上大多都有病在身，所以全躲在家裡不敢出來……」

每年春雷乍響，家鄉的叔叔伯伯就得開始準備春耕了。驚蟄的雷聲不該是嚇人的，那是上天對農忙者的吆喝，爺爺常說，聽到雷聲就像聽到老天爺提醒著：「該工作啦，一年又要開始忙啦，辛苦了！」我一邊翻炒著滑石

紛一邊聽著，想到那些住在南禺山的人居然為了雷聲苦惱，可真是大不幸啊！

「不過，就在這終日雷鳴的時刻，居民被更怪異的事情驚呆了。那幾隻之前讓大家驚恐的怪鳥，居然同時出現在半空中，會帶來恐慌的酸與、會帶來大旱的蚩鼠、會帶來瘟疫的絜鉤，這三隻怪鳥可能被雷聲驚擾，在空中亂竄亂飛，真的是雞飛狗跳，彷彿末日將至。在居民惴慄不安的時刻，一隻只有鴛鴦這麼大的怪鳥飛出，這怪鳥有尖嘴、尾端有長刺，牠的個頭不比那三隻怪鳥來得大，不過當牠一出現，那尾端長刺左刺右扎的，原本亂飛亂竄的怪鳥，碰到牠的毒刺，全都動彈不得，一個個從空中落下……」

啊，那隻師父也說不出是什麼名字的怪鳥，居然一夫當關，萬夫莫敵？只是，這隻最毒的怪鳥，螫到草木，草

木枯萎；蟄到動物，動物也沒得活命，最可怕的怪鳥還留著，居民為瘟疫所苦，現在又得分神提防怪鳥偷襲，這日子怎麼過啊！

「山洞中的怪鳥也出來了？那可不妙啊！」師父沉吟著。

「您別著急，所以我說要跟您報好消息呀！劉鼒縣官的信很長，我看到怪鳥出擊，也是為他們操心不已。不過更怪的事情在後頭，即便我現在跟您說，我也是不敢置信。」

「噢，到底發生什麼事情？」

「劉鼒縣官的信是這麼寫的，我就如實轉述給您，說真的，我完全不知道他到底看到了什麼。他說，當時大家驚恐萬分，不過，天空中突然出現一團雲，那雲離地九尺，不是真正的雲，而是群蜂聚集而成的雲，更讓人驚異

的是，這團『蜂雲』上頭，竟然站著一個雙頭人！」

雙頭人？正在翻炒水蛭的我，差點把手中的木鏟扔進炒鍋裡，因為一聽到雙頭人，想到我第一次遇到雙兒時，脫口而出的也是「雙頭人」。有好一陣子沒看到雙兒走出房門，世界上還有另一個「雙頭人」嗎？南禺山上出現的是雙兒嗎？他怎麼能一下子就跑到那麼遠的地方去？

「村民躲在屋子裡，以為大馬蜂怪鳥的尾刺要對準他了，沒想到怪鳥一看到雙頭人，竟然像臣子見到皇上一樣，不再亂飛亂舞，而是加入那朵『蜂雲』的行列。雙頭人兩手抱在胸前，像有人抬著轎子護送他一樣，那朵雲就托著那個雙頭人，在風雨急雷中遠離消失。」

我忍不住插嘴：「難怪劉鼒縣官說是好消息，一下子四隻怪鳥都解決了，南禺山的居民至少不用擔心這件事情了。」

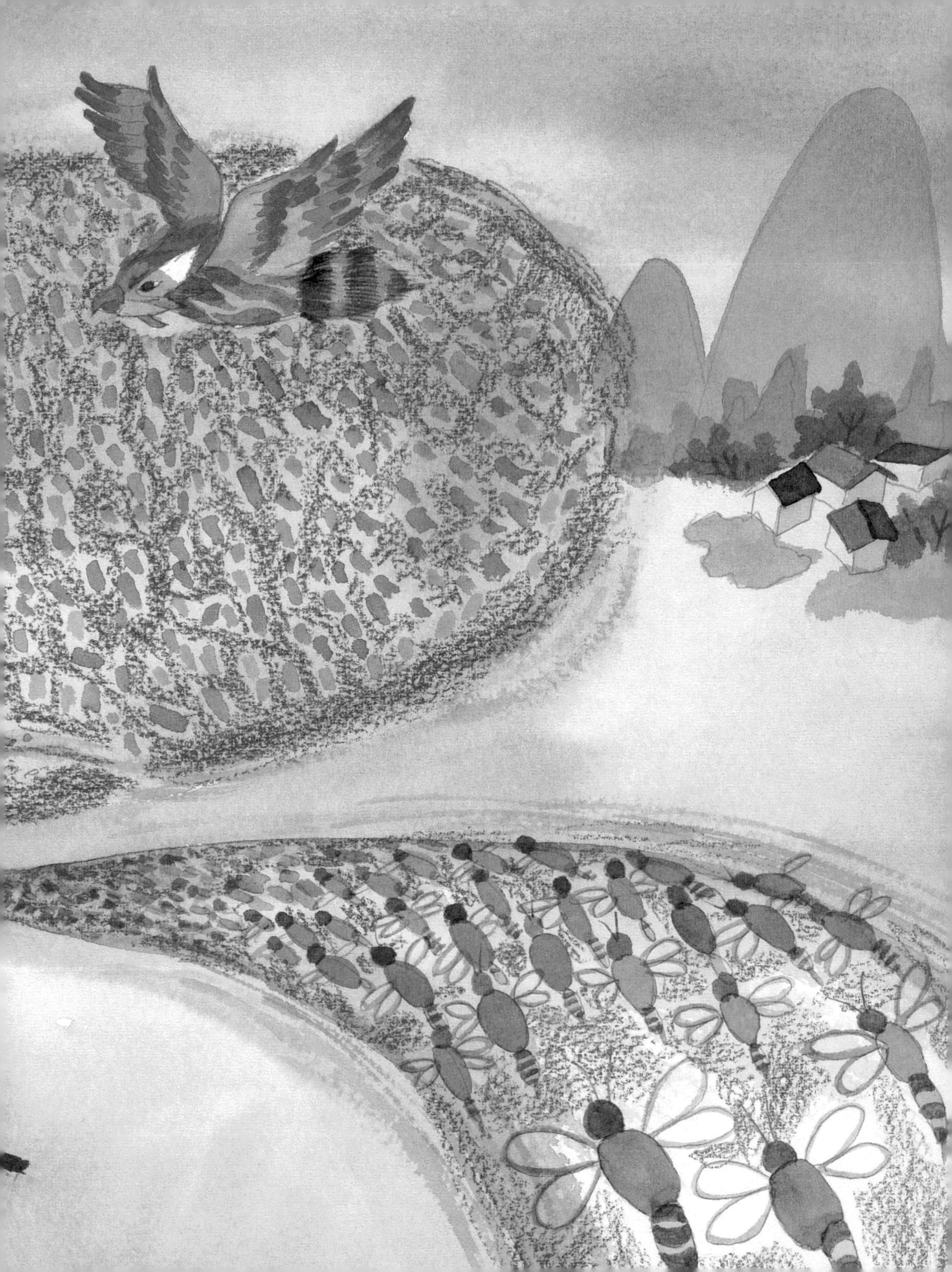

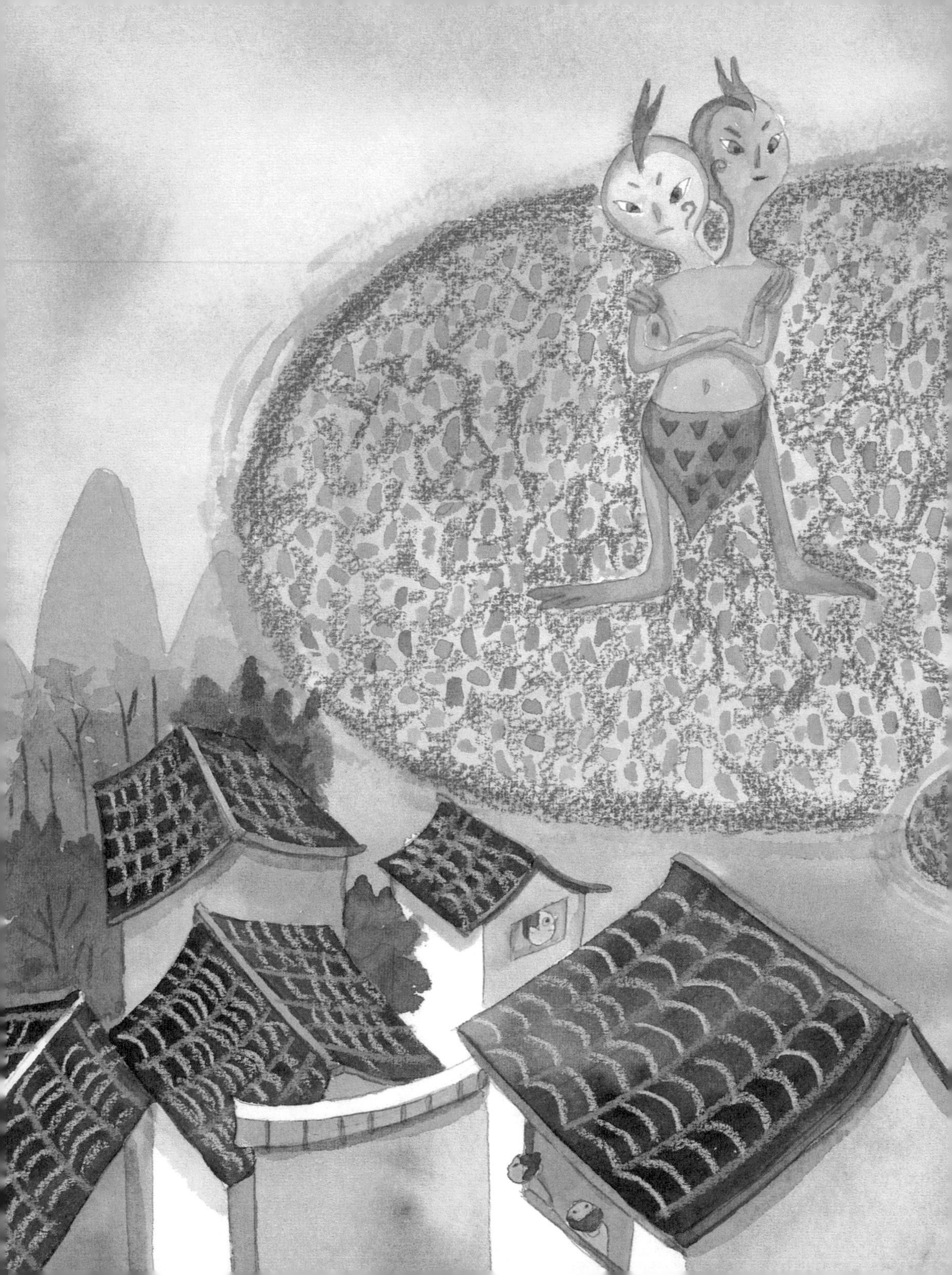

「還不止這樣，那些怪鳥離開之後，染病的人漸漸變少，患病的人也漸漸康復。劉鼒縣官給我的信中，就說大家終於一掃連著幾個月來的陰霾，他特別感謝您讓他們發現青耕鳥，現在家家戶戶都養了幾隻。以前那種平靜安穩的日子大家過得平常，現在再度回到以前的日子，失而復得的經歷讓大家更珍惜了。南山先生，有著『可以禦疫』美名的青耕鳥，這次真的立了奇功，所以劉鼒縣官要我跟您致謝。」

師父微微的笑著，但沒應聲，似乎在思索別的事情。

李其縣官離開的時候，鐵鍋中的水蛭已經炮炒一段時間，一隻隻原本軟溜溜的黑褐色水蛭，變成乾硬的黃棕色，一段一段的微微鼓起，聞起來有種淡淡的腥味。依照以往炒藥的經驗，除非師父特別說明得炒到「焦炭」的程度，不然通常這樣就差不多了。

「師父，這樣可以了嗎？」

師父挑出一條檢視，他點頭讚許了我：「小難，你真是細心，火候掌握得很好，這樣處理過的水蛭，質地酥脆，入藥時更容易打碎，你做得很好，挑出來放涼，就可以收進櫃子裡了。」

「師父，水蛭可以醫治瘟疫嗎？」

「水蛭？瘟疫？要看什麼樣的瘟疫了。」

「瘟疫也有不同的病症嗎？」

「是的，小難，你真的懂得瘟疫是什麼嗎？」

師父一問，我的眼淚就撲簌簌的掉了下來，我怎麼會不知道。在我四歲多的時候，村子裡就發生過瘟疫。那是個難熬的春天，村子裡的人擺了祭台，由村長帶著大家祭天祈福，村子裡的巫祝為大家占卜、畫符咒，村子裡的大夫也努力為大家醫治，我記得走到哪裡都聞到煎藥的味

道。只是這樣的努力，並沒有減緩生病的人，一直到夏季過了，外頭樹葉變成紅紅黃黃的油彩，瘟疫才算結束。

那場瘟疫改變很多的事情，有些我以為被遺忘的過往，現在竟然全都記起來了。小名雙兒的，不僅有兒時那個玩伴，還有我那來不及長大的攣生弟弟妹妹。那一年娘剛生產，我記得那兩個躺在娘兩側小小的身子，他們長得很像，都有皺巴巴的臉蛋。爺爺說了，這弟弟妹妹雙雙對對的來到，以後長大，名字就叫「雙兒、對兒」好了。我還記得自己天天趴在床前，看弟弟妹妹喝奶。沒想到冬末春初，村子裡開始有人陸續生病，一開始跟平常的傷風感冒沒什麼兩樣，只是傷風感冒，煎煮金銀花、連翹、魚腥草等草藥，多吃幾帖再好好休息就可以。我生病了，爺爺、奶奶、娘和弟弟妹妹也都生病了，只有爹照顧一家人。

我是家裡最後一個病好的人，當我不再需要躺在床上，終於可以出來跑跑跳跳，也發現原本的世界變得不太一樣了。我的身體一直不太好，那場病之後變得更讓家人掛心。弟弟妹妹沒能熬過來，這讓我很傷心，娘的身子也在那場病中變得非常差，家裡再也不能有新生的弟弟或妹妹了。

看到我難過，師父也不多說什麼，他這麼告訴我：「小難，瘟疫不是指某一種病，是指一種會人傳人，一發不可收拾的病症。水蛭對於破血逐瘀、體內血腫這樣的病症很有效果，要是哪個地方的人突然都生這樣的病症，當地的『瘟疫』，用水蛭就可以得到抑止。」

我抽搭的問：「師父，為什麼這麼不公平呢？瘟疫不是上天要懲罰惡人的嗎？可是我的弟弟妹妹完全沒做什麼

壞事，這樣真的很不公平！」

師父沒有回答我的問題，只是跟我說了一個故事。

師父說，從前，有兩個好朋友，一位出家做了和尚，一位當了豬肉販子。兩人感情很好，和尚的廟宇就在市集旁邊。為了誦念早課、為了剁宰豬隻，兩人都需要早起工作。每天天還沒亮，豬肉販子經過小廟，都會跟正在打掃的和尚朋友道早安，他們這樣過了很多年，直到某一天，兩人都壽終正寢。

「小難，你說，一個每天吃齋念佛的和尚，和一個每天操刀屠宰的豬肉販子，哪個會上天堂？哪個會下地獄？」

這還用說，當然是和尚呀！不過師父接著這麼說：

「事實上是，上天堂的是那個每天殺生的豬肉販子，持

齋大半輩子天天念佛的和尚卻到了地獄，你說，為什麼呢？」

為什麼會這樣呢？我更不明白了。當我正想多問一些，小蘆花悠閒的踱著步子過來，我這時猛然想到有一件事情，剛剛聽李其縣官說話的時候，就想去做的，怎麼忘了呢？

師父彷彿聽到我心裡的聲音：「小難，你去看看那個房間。」

藥鋪子雖然不大，但是這陣子總是陰陰雨雨忙進忙出，再加上雙兒本來就是自來自往，他不出來我也不會特別去關照。聽到李其縣官說的，那個出現在南禺山的「雙頭人」，不僅特徵跟雙兒一樣，居然也能控御群蜂，那個「雙頭人」是誰？難道雙兒也有個可以叫做「對兒」的孿

生兄弟姊妹？

我衝向客房，當我瞥見雙兒那個房間，心陡然沉了下來。

房間門雖然還掩著，但是黃銅鎖不見了。

「師父——」不用我高聲喊，師父也走到房門口。我們推開門，裡頭乾乾淨淨的，完全不像有人住過一樣。

「雙兒離開了？」

「嗯，」師父點點頭：「是的，他走了，就像他怎麼來的一樣，依舊是個謎。剛剛李其縣官說的時候，我就猜想是這麼一回事。我也可以判斷出那洞穴中那個似蜂又似鳥的東西，到底是什麼了。」

「那是什麼呢？跟雙兒有關嗎？」

「在西山系的崑崙之丘，有一種毒鳥叫『欽原』，牠

外表看起來就像是大馬蜂，也是螫木則枯、螫鳥獸則死，只要牠出現，幾乎是無人能敵。我在南禺山那段時間，一來不敢多靠近觀察，二來也鎮日被其他怪鳥所擾，所以一直認為牠就是惡鳥、毒鳥，想不到牠到底是什麼。現在牠被驕蟲這個螫蟲之首收服，就可以斷定這種似蜂似鳥的怪物，就是『欽原』。被驕蟲收服的欽原，應該會一起回平逢山吧！」

雙兒本來就不屬於這裡，他在與不在不會改變什麼。我收拾天井剛剛炮炒的用具，哐啷哐啷的聲音在空空的屋子中迴盪，我第一次有那樣的感覺：師父的藥鋪子，怎麼這麼的大啊！

瘟神退散

七·戰爭應該在遠方

師父的藥鋪子馳名遠近，不時有人慕名前來。除了師父總是仁心仁術為病患醫治，還有一個重點，到師父的藥鋪子看病不用花錢。不管是哪裡來的病患，不管哪個時間來的病人，師父常說，招搖山不算是名山勝景，能找到這裡的都是有緣人，假如真的來到這裡，必定竭盡全力醫治。

有權有勢的官員和家徒四壁的長工，師父都是一視同仁的為他們醫治；平時收集的各種藥材，再怎麼珍貴也絕不藏私；許多病人遠地而來沒地方住，藥鋪子的客

房就讓讓他們棲身；有誰來這裡串門子、請教事情，藥鋪子正在烹煮什麼，就一起品嘗。師父毫無差別之心，治好病之後病人能給什麼就給什麼，給多給少都不打緊，師父從不收錢，也不計較多寡。我剛到藥鋪子那一年，有個人也在秋天來這裡治病，隔年春天他送來一大簍新鮮的竹筍；夏天這個人又來了，送的是剛採收的瓜果；秋天我還看到他，送的是最上等的新米。像這樣看過一次病，就連著「付出」好多次的不在少數，所以藥鋪子總有用不完、吃不完的東西，有時師父還會轉送給其他的人呢！

我曾問師父，大家都用錢，這裡不用，多不方便啊！在家鄉的時候，我知道大米一斤多少錢、裁衣服一件多少錢、到小店打一罐油要付多少錢；大楞子被他爹娘送

到木匠師父那兒去，他爹娘每半年還得付木匠師父錢呢！這藥鋪子不收錢，要是有人故意想占便宜，怎麼辦呢？或是有人明明得醫治，卻因為沒什麼可以交換而不好意思來，又該怎麼辦呢？

後來我慢慢發現，沒什麼東西可以回報的病人，他們就多留幾天，幫忙做些雜活，師父也欣然接受。每一個師父口中的「有緣人」來到，都可以得到最好的醫治，師父都是笑容滿面的送他們離開。有沒有人完全付不出任何東西當報酬的呢？當然有，有人甚至是一治好病，半夜就急匆匆的離開，之後音訊全無。

「師父，這樣很不公平啊！」看到那些匆匆來去的人，我常忍不住跟師父抱怨，不過師父總是呵呵的笑著，沒有給過我認真的答案。

有一天，又是半夜時候，有人敲門，還不只一個。藥鋪子位在招搖山向陽這一面的山上，雖然不至於人煙罕至，但摸黑上山的人很少，我記得的只有那個從北號山費盡千辛萬苦來到藥鋪子的何平大哥，誤食西域毒草的他，覺得自己變了性子，從講究禮義道德的君子，變成徹頭徹尾的小人。那次師父給了他方子他還不放心，回去還養了一隻鳳凰。何平大哥回去之後，捎來兩次信報平安，似乎真的漸入佳境了。

這次，又是誰？

敲門的是兩位大哥哥，看起來年紀跟李其縣官的僕役差不多，他們垂頭喪氣、疲憊不堪的牽著一匹羸瘦的黑馬，彼此扶持著走進來。個子高一點的走路一跛一跛的，個子小一點的身上也有些許外傷，看起來全都面無

血色。進門後師父沒多說話，要他們找個地方坐著，要我把餐食和溫水準備好送過來。我觀察他們兩人，穿著樣式相近的士兵服裝，衣服灰撲撲、髒兮兮、破破爛爛的，加上磨得幾乎穿底的鞋子，看起來已經趕了好長一段路。

夜深了，東西都收好了，只剩下小半鍋薄薄的蔬菜小米湯。當我端上來之後，他們眼睛一亮，像是看到什麼山珍海味一樣，端起碗來「呼嚕呼嚕」的一下子就喝光，喝完還喳呼喳呼的把碗舔得乾乾淨淨。天啊，他們怎麼這麼餓呢？到底多久沒吃東西了？

儘管只有簡單的小米湯，喝過熱湯的他們，臉上看起來稍稍有了血色，兩個人口音有點不同，你一句我一句的，說出他們來這裡的原因。

這兩人年紀相仿，分別來自西北地區不同的方國，原本不相識，因為打仗在沙場上狹路相逢。個子高的叫林怡，來自羌方，他說羌方和豕方國界相鄰，雙方早已經是世仇，因為共用一條河水灌溉，那條河水每到夏天氾濫，方國與方國之間的界線變得不清楚，從古至今爭戰不斷。為了占領更廣大的耕地，兩個方國不時發生戰爭，即便不打仗的時候，相鄰的兩國，人民也畫地為界，老死不相往來。

這次的戰爭已經延續了半年多，從去年秋天收成之後開始。那時天地間開始有著陰長陽消的肅殺之氣，羌方和豕方再一次為了一塊河岸邊的沃土開啟了戰爭。

看起來比較瘦弱的大哥哥這麼說：「我叫傅伯礽，是豕方的世族，原本我在家鄉是私塾的先生，我拿筆、

拿冊子，手無縛雞之力，根本不是一塊能打仗的料子。只因為開啟戰端，我收到兵書不得不去。」

羌方和豕方這兩個方國士兵，沿著河岸邊步步為營，雙方你來我往互不相讓。之前打仗大多在冬季就見分曉，這次的時間拖得很長，拖過了冬季，直到應該春耕的時節都還在打仗，田裡沒有農人耕種，大片農田荒蕪，死傷的士兵不計其數。

本該兵戎相見的敵方，為什麼聯袂而來？

林大哥這麼說：「兩方陣營從西河口下游一路往上游攻戰，半個月前，雙方在山腳河流發源地交手。我方占了上風，兵強馬壯，我跟著將官追打他們，已經把對方逼到絕境之處……」

「我對戰爭充滿恐懼，每天都以為自己要戰死沙場，

不過天天都是苟活下來。那天，當羌方兵士追擊我們，追到山腳遇到岔路，不是雙岔路，那個路口有七八個岔路，我方士兵分頭逃竄已經完全沒了章法，我拖著長槍，往其中一條岔路急奔，想找個地方活命……」

這麼驚險的過程，稍有閃失就會喪命，大哥哥說這段話的時候，身子還不斷的顫抖。

「看到岔路，我方已是勝券在握，怎麼可能讓對方逃脫？將官一聲令下，我們兩人一組各自衝向一條岔路，心想這次一定手到擒來。沒想到岔路中還有岔路，我和夥伴遇到第一個岔路之後，就各自分散。」

「如同歧路亡羊一樣，我看見路就拚命逃，完全沒顧慮到會不會迷路。只見路越來越小、樹越來越高，這才驚覺自己逃入密林之中，已經完全失去了方向。這時，

我聽到後頭有一陣陣哀嚎，還有馬嗚嘶嘶。」

「那是我，我方騎馬，對方徒步，本來是絕對優勢。但這山林崎嶇不平，就算有馬也占不了上風，馬兒狂奔時通過一處地塹，我的馬輕輕一躍，在另一端安然無恙，而我就跌入地塹，變成了跛子。」

當時，傅大哥大可以騎著林大哥的黑馬離開，但他不忍心丟下林大哥，雖然兩人是敵對陣營，他還是伸出援手，把對方救了出來。

「這樣太好了，因為他救了你，所以你們變成了朋友？」我幫林大哥清洗傷口時，問了這麼一句。

「不只這樣，當我救了他，這才發現兩人都不知道自己身在何方，山林中夜晚幽冥晦暗，此起彼落的野獸嚎叫讓人害怕，兩人只好暫時化敵為友，只求天亮能活

命離開深林。」

「兩位能化干戈為玉帛，當然甚好，只是，為什麼會來到我這小小的藥鋪子？西北地區離招搖山，不是三天五天能到得了的。假如兩位不想再相互為敵，大可以找個天高皇帝遠的地方隱居，也不必大費周章的來到這裡。兩位的傷都是皮肉傷，就算不治療，也能慢慢癒合，來我這裡，應該是遇到難以解惑的事情，對吧？」

「是的，南山先生，不瞞您說，我和何平是同窗，學成後各自回到家鄉，彼此還是偶有書信往來，他跟我提過您。我們那幾天在深山處，驚見幾隻異獸，不知這些異獸是否暗示著未來世局？羌方、豕方千百年來爭戰不斷，但每次總是有和平共處的時候。這次打了這麼久還沒停歇，真不知還要再拖延多久？難道一定要爭個你

死我活嗎？我們都還沒成家立業，可不想讓世世代代永遠有打不完的仗，為此十分擔憂，所以一走出山中迷陣，就急著來到您這裡，想問問該怎麼辦。」

他們究竟看到什麼呢？兩位大哥哥要了紙筆，一邊畫一邊說。

「在一棵李子樹上，我們看到一隻大猿猴，牠手長腳長，壯碩無比。但怪的是牠看起來像猿猴，身上的毛色又十分怪異。」

「這隻猿猴的毛色是怎樣呢？」

「牠通體深棕色，如同一般的猿猴，但是四隻腳是紅色的，像穿著紅色的靴子，頭頂是白色的，像戴著白色的帽子。」

「那是朱厭，是沒人喜歡的凶獸，因為牠一出現，

代表將會大起戰事。」

「在一處枯井旁，我們看到一隻大公雞，羽毛光彩奪目，十分漂亮。從背影看，就像一隻大公雞。當時我們已經飢腸轆轆，正想一箭射去，看能不能打個野味填飽肚子。沒想到牠一轉身，一看到這隻公雞的正面，儘管箭在弦上，也是不敢拉弓射去。」

「為什麼？那隻大公雞很大嗎？」只是一隻公雞，怎麼會嚇人？除非公雞跟人一樣大，我一邊猜一邊等著兩位大哥哥繼續說下去。

「就算跟人一樣大的公雞，我們也敢大膽的射箭，偏偏牠看起來像是公雞，轉過身來卻是一張人臉。方頭大耳怒氣沖沖地瞪著我們，那模樣像是大將軍。」

「狀如雄雞而人面，就我所知，只有一種異獸，叫

做梟徯。人們也不喜歡看到牠，因為牠的出現，總伴隨著兵戎征戰，人們將會流離失所。」

聽到連著兩隻異獸，都跟戰爭有關，兩位大哥哥的臉色更是黯淡了。

「更怪異的是，我們白天趕路，晚上躲在山洞休息。有一天我們晨起後不敢外出，因為有三隻異獸於外守候，怪聲亂叫不斷。山洞在東方，牠們分別守著北、西、南三個方向，三隻異獸看起來都很凶狠，我們不敢熟睡，輪流守夜盯著外頭，這樣僵持了三天。等牠們離開，我們才趕緊逃脫。」

「是怎樣的異獸？」

「據守北方的像一隻大野貓，牠的身體是土褐色的皮毛，頭是白色的，長著老虎般的爪子，叫聲一會兒像

老虎、一會兒像狐狸。」傅大哥說。

林大哥接著說：「據守西方和南方的，看起來都像是大狗，西方那隻比較大，通體鮮紅，身上的毛像血一樣；守著南方的那隻體型較小，狹長臉尖長耳朵，還拖著一根和身體一樣長的白毛尾巴。」

「南山先生，這三隻異獸，您曾聽過嗎？是不是什麼祥獸呢？總不會也是象徵兵事將起吧？」林大哥擔心的問起，大家都看著師父，等著師父給個答案。

師父拿著那張紙，一會兒搖頭、一會兒輕輕嘆息，似乎有什麼難言之隱，最後竟然閉目沉思，我從來沒見過師父這樣慎重思考的模樣。

那幾隻異獸出現，到底暗示著什麼？時間一分一秒過去，誰也不敢催促師父給個答案，最後，傅大哥忍不

住開口問：「南山先生，您到底知道還是不知道啊？您倒是說說話呀，怎麼就這樣閉眼睡著了呢！」傅大哥的語氣似乎有點不耐煩。

師父慢悠悠的張開眼睛，語氣和緩的說：「我知道這三種異獸……」

「那您快告訴我們呀，我們可是千里迢迢的過來呀，究竟是代表什麼，可以跟我們說嗎？」傅大哥催著。

「北方那隻樣子像狸貓有虎爪的怪獸，名叫梁渠；西方那隻紅色大狗，叫做天犬；南方那隻白尾長耳的是狏狼。這三隻都是凶獸，一般人連一隻都不想看見。」

「那……我們竟然三隻都看到了，南山先生，看到牠們，會發生什麼不幸的事情嗎？」

「無論見到梁渠、天犬或是狏狼，代表的都是當地要

發生戰爭。看來羌方和豕方這兩個方國之戰，這次可能要拖好長一段時間，五種凶獸全都聚集在一處，這是我從來沒見過的事情。難道上天要有什麼作為？是我們人類無從預知的？」師父越說越小聲，但大家都聽得清清楚楚。

「南山先生，能幫我們想辦法嗎？」林大哥哭喪著臉問道：「我真不忍生靈塗炭，無論羌方或者豕方，平時都是殷實的莊稼人，我們老百姓哪喜歡打仗，能過平安的日子多好。南山先生，幫我們想想辦法。」

「您不是叫那位何平養一隻鳳凰鳥？聽說他養了之後，果真克制住心魔，不再胡思亂想。您也快點幫我們找一找，不管要我們養鳳凰也好、養竹雞也好、養野兔也好，總之，請快點幫我們想想辦法，讓我們趕緊回家

鄉，我的爹娘兄長、親朋好友都還在那裡呢！」傅大哥也催著。

不知怎麼，我總覺得當師父說起這幾隻異獸，代表的都是凶惡的兵災，林大哥還是從容有禮貌，但是原本還算恭謹的傅大哥，無論語氣還是態度，都有點失禮。

師父難道都沒發覺嗎？師父怎麼都不吭聲呢？師父為什麼都不會生氣？

儘管兩位大哥哥似乎都急著回去，但是師父還是語氣平和的說：「這有點棘手，容我花幾天想想，看有沒有因應之道。兩位莫著急，先待在我這藥鋪子養傷吧！」

林大哥和傅大哥就住了下來，他們的傷都是皮肉傷，休養三天就幾乎完全好了。只是師父也不提該怎麼做，反而要他們跟著我一起整理藥材。過了十幾天，由於近

日好幾個人來求診，都是鎮日乾咳脈位表淺的外感風寒，師父要我去山上剝取厚朴樹的乾皮，準備搭配麻黃煎藥備用。

「剝皮得費點力氣，你去請林大哥、傅大哥一起去吧！」師父這樣叮囑我。

當我來到客房，還沒敲門，就聽到裡頭討論聲音。

「我們什麼時候離開？」

「等南山先生想到可以怎麼做，他一定會告訴我們的。」

「這南山老頭兒到底是真懂還是不懂？已經過了半個月了，他是不是把我們當成僕役了？成天要我們做這做那的。要做這些雜事，我也要回家做，我家的田地還等著我回去耕種呢！」

「你不是說何平大哥是你的把兄弟，對南山先生讚譽有加？這幾天，我看見南山先生的確謙沖溫和，是個讓人信任的君子，他一定會幫我們想辦法的，我信任他。傅大哥，我們再等等吧！」

「我們費了那麼大的功夫來到這裡，要是全無所獲，我真不甘心……」

我打消敲門的主意，輕輕的離開，心中有股不平之氣。來者是客，他們在藥鋪子這十幾天，為了「伺候」他們，我的工作可是變多了呢，幾乎是從早忙到晚整天忙，當我照顧大壯、大有時，連他們那匹黑馬也會順便照料打理，他們哪有做多少事。林大哥還算是溫文儒雅，但是傅大哥的語氣，讓我覺得他也太不知感恩。他們的對話讓我有些生氣，特別是對傅大哥，說什麼師父把他

們當成僕役，那我自己去做總行吧？

我要走出大門時，師父發現只有我一個人，也沒多說什麼，只說了句：「快一個月沒下雨，天氣熱，你帶壺水去吧，早點回來。」

師父對人都這麼一視同仁，我不忍心跟師父說起剛剛聽到的事情，但心中也有點急，那幾頭凶獸出現，師父到底有沒有解決的方法呢？

「師父……」

「怎麼了？」

「林大哥和傅大哥看到的，都是會招來戰爭兵災的凶獸，您想到可以化險為夷的方法了嗎？這世界上，有沒有能化解兵戎之災的祥獸呢？假如有，能不能多養幾隻，讓世界上每一個角落，從此不再有戰爭，每個人都

可以安居樂業，不再憂心呢？」

「小難，你長大了，你會顧慮到別人了。有的，有這種祥獸。你看……」

師父在紙張上，畫了幾樣東西。

「我想不到有哪些事物可以阻止戰爭，但是有些可以減少傷害。你看，這種樹叫做『牛傷』，葉子如同榆樹的葉子，樹幹是方形的，上頭長滿了刺，還有青色的斑紋。找到牛傷樹，吃下它的葉子，可以抵禦兵器的傷害。」

不知道我們招搖山有沒有這種牛傷樹？假如有，每場戰爭要開打前，讓敵對的雙方都吃一點，那麼是不是就不會有人死傷呢？

「有些祥獸難得一見，據說找到牠們也有禦兵之效。

像這種生長在虢山中的『寓鳥』，牠們進出在茂密的樹林中，發出像羊一樣的叫聲，長得像老鼠卻有一對鳥翅膀……」

「還有這種出現在中曲山的『駮』獸，你遠遠的看，會以為牠們只是長著白身子、黑尾巴的馬，近看才會發現牠額頭正中央長出一支彎曲像鉤子一樣的角，

張開嘴是老虎的牙齒，牠們沒有蹄，而是長出尖銳的虎爪。當牠們仰頭鳴叫的時候，就像鼕鼕鼕作響的戰鼓……」

「要是他們願意去找休水裡的一種叫『鯑魚』，或是正回河水裡的『飛魚』，也都有相同的效果。『飛魚』形狀像小豬，渾身有著紅色斑紋；『鯑魚』形狀像獮猴，長出公雞的爪

子。找出這些，宰而烹之，也能收到『禦兵』的神效。」

「師父，真的嗎？這些真的有效嗎？假如有效，為什麼您不告訴他們，讓他們趕緊去尋找，並且趕緊帶回家鄉？」

「小難，你會問，就代表你也開始有了疑惑，對吧？我之所以還沒告訴他們，一來他們的內傷還沒痊癒，二來這些祥獸數量極其稀少，有的連我都沒見過。最重要的是，我也懷疑這些真的能『禦兵』嗎？大抵爭戰的源起，應該是貪婪吧？先治癒人與人、國與國之間的貪婪，才是治本的辦法。」

我對師父說的不盡然全懂，所以帶著重重的疑問獨自上山剝取厚朴樹皮。安靜的樹林裡，只有呼呼的風聲和我的鑿子、刀子的鏗鏗聲。當我正讚嘆幸好戰爭在遠

方，讓招搖山如此平靜和平之時，雜沓的馬蹄伴隨我熟悉的嘶鳴，劃破天空。

「大有？」那是脾氣溫和的大有，為什麼牠發出這麼高亢的聲音？誰正在駕馭著牠？除了我，誰會去跑馬？我的心中升起一股不祥之感，顧不得工作還沒完成，我收拾籮筐、工具，心急如焚的往藥鋪子奔跑。

「嘎——嘎——嘎——」山下樹林中一群飛鳥不知被什麼驚擾，牠們振著翅膀一飛沖天，飛到天空再四處奔逃。

我一邊跑，也一邊嗅到了空氣中飄來的燒焦氣味，那是混合著泥土、苔蘚、樹葉、樹皮的焦味，是誰正在燒這些東西？我跟師父學炮藥時，也需要生火燃燒，但燒焦氣味頂多在藥鋪子打轉，不會傳得這麼遠，到底是

誰在燒東西，他燒了什麼？又燒了多少？

一路狂奔，終於走出小山，看到藥鋪子，「師父……」藥鋪子前有一棵大樹，師父這時就站在大樹下。看到師父安然無恙，我稍稍安了點心。這棵大樹下可以居高臨下的看著山下的動靜，我常爬到大樹上，坐在樹杈上，用鳥一般的心情看著天地之間。這時，我站在師父旁邊，看到讓人驚恐的景象：通往山下的路全被火苗圍繞，因為好一陣子沒下雨，加上最近天氣特別炎熱，天乾物燥讓火苗像貪婪的妖怪吞噬一切。

「他們離開了，搶走了那幾張圖，也把大有騎走了。」師父說這些時，聲音依然平靜，彷彿只是跟我說「春天到了，剪些柳枝回來當藥材」。這些是林大哥和傅大哥做的事情嗎？他們離開就好，為什麼要放火燒這座山？

這麼做有什麼好處？

焦味瀰漫在整座山中，往山下的路都被截斷了，火勢猛烈，不多久就會逼近，這怎麼辦呢？這是一場戰爭吧？只是我和師父沒有半點武器，一點也不想打仗，為什麼被捲入其中？我急得像熱鍋上的螞蟻，心中有千千萬萬個問題，偏偏師父什麼也不多說，依然沉靜的看著這一切。

烽火連天！

孩子的經典花園

山海經裡的故事2 南山先生的不傳祕方

2020年8月初版　　定價：新臺幣320元
2024年4月初版第六刷
有著作權・翻印必究
Printed in Taiwan.

著者　鄒敦伶
繪者　羅方君
叢書主編　黃惠鈴
叢書編輯　葉倩廷
校對　吳美滿
整體設計　王兮穎

出版者	聯經出版事業股份有限公司	副總編輯	陳逸華
地址	新北市汐止區大同路一段369號1樓	總編輯	涂豐恩
叢書主編電話	(02)86925588轉5312	總經理	陳芝宇
台北聯經書房	台北市新生南路三段94號	社長	羅國俊
電話	(02)23620308	發行人	林載爵
郵政劃撥	帳戶第0100559-3號		
郵撥電話	(02)23620308		
印刷者	文聯彩色製版有限公司		
總經銷	聯合發行股份有限公司		
發行所	新北市新店區寶橋路235巷6弄6號2樓		
電話	(02)29178022		

行政院新聞局出版事業登記證局版臺業字第0130號

本書如有缺頁，破損，倒裝請寄回台北聯經書房更換。　ISBN 978-957-08-5572-2 (平裝)
聯經網址：www.linkingbooks.com.tw
電子信箱：linking@udngroup.com

國家圖書館出版品預行編目資料

山海經裡的故事2 南山先生的不傳祕方/鄒敦怜著．
羅方君繪．初版．新北市．聯經．2019年8月．180面．
17×21公分（孩子的經典花園）
ISBN 978-957-08-5572-2（平裝）
[2024年4月初版第六刷]

1.山海經 2.歷史故事

857.21 109009856